이런 얘기 하지 말까?

열 정 적   덕 질 과   그   후 의   일 상

최지은 산문

콩라주

문제는 "환장하겠네"에서 시작되었다. 일곱 살 때쯤이었던 것 같다. 할머니, 할아버지, 엄마, 아빠, 언니와 내가 둘러앉은 저녁 식탁이었다. 새로운 말을 배우면 써먹고 싶어 하는 어린이, 아니 인간의 특성대로 나는 그즈음 어디선가 읽거나 주워들었던 최신 어휘를 의기양양하게 내뱉었다. 환장하겠네~.

달걀을 끓는 물에 12분 이상 삶으면 완숙란이 된다거나 옛날에 지구에는 호랑이를 닮은 검치호라는 동물이 살았다거나 따위, 내가 책에서 읽은 내용을 이것저것 늘어놓으면 다들 흐뭇해하던 다른 날과 달리 분위기는 갑자기 썰렁해졌다. 자타공인 모범생이자 국어 선생님이었던 엄마가 황급히 다그

쳤다. "그런 말은 어디서 배웠어? 애들은 그런 말 쓰는 거 아니야!" 사실 나는 '환장'이 무슨 뜻인지도 잘 몰랐다. 그냥 좀 특이하고 센 것 같은 느낌이 재밌어서 말해본 것뿐이다. 하지만 애들은 쓰면 안 되는 말이고 그런 말을 쓰면 혼난다니….

그럼 몰래 써야지.

나는 좋아하는 것 대부분을 몰래 하며 자랐다. 공부하는 척 몰래 책을 읽었고 독서실에 가는 척 몰래 만화방에 다녔고 몰래 도서관에 가서 범죄소설과 성인소설을 봤고 몰래 비속어와 욕설을 썼다. 몰래 PC통신을 하고 몰래 팬클럽 정모에 나가고 몰래 공개방송을 보러 갔다. 혼자 알기 아까울 만큼 재밌는 일이 생기면 내가 아니라 친구 얘기인 것처럼 살짝 꾸며서 가족들에게 말했다. 어떤 게 혼나지 않을 얘기인지 모르니 일단 비밀로 하거나 나와 거리를 두고 말하는 일에 익숙해졌다. 그래서 불행했다고 말할 생각은 없다. 나는 그냥, 나에 관해 솔직하게 말하는 걸 조금 어려워하는 사람이 됐을 뿐이다. 물론 여기엔 분명 타고난 기질도 한몫할 테니 누구를 탓할 일은 아니다.

그렇게 몰래 하던 일이 직업이 될 줄은 몰랐다. 도대체 뭐가 될지 모르는 채로 이십 대의 상당 부분을 흘려보낸 다음

얼떨결에 사회에 나와 헤매다 창간 직후의 혼란을 틈타 기자가 되었다. 덕질 말고는 해본 게 없고 사회성이 0에 수렴하던 나에게 기회를 준 선배들 덕분이다. 다행히 기자가 되고 나서는 늘 할 얘기가 있었다. 지금 사람들이 관심 있어 할 거 같은 이야기, 내가 좋아하는데 남들도 좋아할 것 같은 이야기를 주로 썼다. 믿을만한 동료들이 내가 무엇을 쓰면 될지 함께 고민해주었다. 그런데 기자를 그만두고 나서 기획회의 없이 내 이야기를 써야 할 때가 오자 다시 혼란스러워졌다. 아무도 안 물어본 것에 대해 말할 때는 어디서부터 시작하지? '라이프'는 있지만 '스타일'은 없는데 도대체 무슨 얘기를 쓰지? 이런 얘기 너무 TMI 아닌가?

예전에 쓴 원고들을 모으고 새로 글을 쓰는 내내 '이런 얘기 하지 말까?'라는 생각을 수없이 했다. 아이돌을 비롯해 온갖 남자들 덕질에 인생을 걸었던 과거의 내 얘기도, 페미니스트로 살기 위해 애쓰는 현재의 내 얘기도 남들 앞에 꺼내놓기가 쉽지는 않았다. 전자는 놀림당하거나 비난받기 쉽고, 후자는 어떻게 쓰더라도 내가 부족하게만 느껴진다. 하지만 나에 관해 쓰기로 한 이상 이런 얘기를 빼고 나면 남는 게 별로 없었다.

'이런 얘기 하지 말까?'라는 문장의 재미있는 용법은 트위터에서 배웠다. 대개 특정 인물이나 작품의 팬이 좋아하는 주제에 관해 벅차오른 마음을 마구 쏟아내다가 문득 이성을 되찾고 상대의 눈치를 힐끔 보는 느낌으로 던지는 말이다. 여기서 중요한 건, 이미 하고 싶은 얘기는 거의 다 뱉어낸 뒤라는 점이다. 즉, 하지 말까 싶은 이야기야말로 가장 하고 싶은 이야기인 것이다.

내 인생의 이상하고 신나는 순간마다 함께해준 친구들, 자신의 삶에 관해 들려준 여러 여성 덕분에 쓸 수 있었던 이야기가 많다. 내가 모니터 앞에서 머리를 쥐어뜯고 있으면 일단 나와서 밥부터 먹으라며 일상을 지탱해준 배우자에게도 큰 도움을 받았다. 무엇보다 '이런 얘기 정말 써도 될까요?'라고 주저할 때마다 일단 써보라고 등 떠밀며 여기까지 데려와준 편집자 배윤영 님에게 감사드린다. 내 얘기를 쓰려고 할 때마다 나도 모르는 사이 자꾸 등장해 놀라게 한 엄마가 만에 하나 이 책을 읽으신다면, 156쪽에서 너무 걱정하지 마시라고 말씀드리고 싶다. 지금은 정말 괜찮으니까.

에세이는 미지의 독자를 믿어야만 쓸 수 있는 글임을 이제야 알게 되었다. 이 책은 그냥 어떤 여자아이가 작은 방에서 나와 이리저리 헤매며 길을 찾고 간신히 작은 방을 가진 어른

이 되기까지의 시간에 관한 조각들이다. 어떻게 여기까지 와
주었는지 모르겠지만, 당신에게 미리 고마운 마음을 전한다.

01

남자들은 자꾸 나를
후려치려 든다

―

리베카 솔닛의 『남자들은 자꾸 나를 가르치려 든다』에 이어 한국에서 나와야 할 책은 아무래도 '남자들은 자꾸 나를 후려치려 든다'가 아닐까?

얼마 전 술자리에서 친구가 이십 대 때 사귀었던 남자친구에 관한 얘기를 꺼냈다. "걔는 내가 뭐만 하면 여자답지 않다는 식으로 말했어. 하루는 약속에 늦을까 봐 뛰어갔더니 빤히 쳐다보면서 그러는 거야. '아⋯ 난 여자가 땀 흘리는 거 처음 봐.' 다른 날엔 내가 생수병 뚜껑 따는 걸 보고 있다가 김샜다는 듯이 그러더라고. '이런 건 내가 해주려고 했는데⋯.' 아니, 내가 무슨 토르의 망치를 들어 올린 것도 아니고, 여자는 병뚜껑도 혼자 못 따냐?"

옆에 있던 친구도 예전에 만난 운동선수가 했던 망언을 들려주었다. "내 발목이 자기보다 굵은 것 같다고 하더라? 그리고 며칠 사이 두 번 만난 적이 있는데 네일이 왜 지난번이랑 똑같냐고 지적하는 거야. 뭔 상감마마 알현하는 줄?" 우리는 이 저주받을 놈들과 더 이상 엮여있지 않다는 사실을 자축하며 심한 욕을 안주 삼아 술을 마셨다. 그런데 며칠이 지난 뒤에도 친구가 했던 말이 계속 마음속을 맴돌았다. "지금 누가 그런 말을 하면 헛소리하지 말고 꺼지라고 할 텐데, 그때는 진짜 나한테 문제가 있는 줄 알았어. 그래서 너무 힘들었고 상처가 생각보다 오래가더라."

이런 게 일부 운 나쁜 여성들만 겪는 일이 아니란 걸 안다. 여성혐오 발언으로 악명 높은 한 남성 예능인이 토크쇼에서 대학 시절 예쁘기로 소문난 여학생의 외모를 깎아내려 사귄 적이 있다고 자랑스레 떠드는 걸 본 적이 있다. 감미로운 발라드를 부르는 남자든 자신이 '딸 바보'라고 어필하는 남자든. 예능에서 여성 출연자가 뭐만 하면 "무섭다 ㅎㅎ"라고 웅얼대며 초 치는 모습도 종종 본다.

이 험한 세상에서 온갖 게 다 무서워 숨은 어떻게 쉬나 싶지만, 그들이 진짜로 무서워서 하는 말이 아니라는 것도 안다. 남자들이 여성, 특히 젊은 여성의 일거수일투족에 굳이 은근슬쩍 부정적 태도를 드러내는 것은 스스로 평가자의 위치를 차지함으로써 아무 힘도 들이지 않고 관계의 주도권을 잡아 권력을 휘두르는 뻔한 전략이다. '무서워서'가 아니라 '거슬려서' 하는 말이고, 너는 내가 인정하는 여자의 규범에서 벗어났으니 얼른 그 틀 안으로 들어가라는 뜻이다.

문득 좀 더 많은 여성의 경험을 듣고 싶어진 나는 인스타그램으로 소개팅, 썸, 연애 관계에서 여성을 깎아내리는 남자들의 말에 관한 제보를 받아보았다. 딱 스물네 시간 동안 오십여 명의 여성이 답을 보내왔다. 예상대로, 아모르 파티가 아니라 대환장 파티였다.

"넌 너무 기가 세." "여자가 기 세면 남자들이 싫어해." 과연 지구상에서 가장 약한 것이 한국 남자의 '기'라는 학설을 증명하는 듯한 제보가 제일 먼저 쏟아졌다. "맞는 말인데, 좀 흥분한 것 같아." "진짜 그렇게 생각해?" "네가 조금만 덜 똑똑했으면 좋았을 텐데." 여성의 이성과 지성을 의심하고 불필요한 것으로 취급하다 못해 '여자'로서는 약점인 양 깎아내린 멍청이들의 대사 중 가장 흥미로운 사례는 다음과 같다. "소개팅남에게 촘스키 책을 본다고 하자 '여자가 그런 책 보면 자꾸 따지려고 들어서 피곤한데.'" 촘스키가 그런 책이면 '안 그런 책'은 뭘까, 하루키?

"연애로는 괜찮지만 너랑 결혼은 안 돼"와 "넌 연애하기엔 별론데 결혼하기엔 좋은 타입이야"는 나란히 김칫국 원샷 부문을 석권했다. "넌 애교가 좀 없어서" "좀만 덜 예민하면 너인기 많을 텐데" 등 고전적 진상 부문과 "네 얼굴 내가 봐줘서 예쁜 거지, 사실 별로야" "친구에게 제 사진을 보여줬는데 안예쁘다는 반응이 나오자 '그래도 착해'라고 말했다며 자랑하듯 전해주더라고요" 등 셀프 개념남 등극 부문의 경쟁도 치열했다. 2015~2018년 한정 유행 멘트도 빠지지 않았다. "살짝비치는 블라우스가 싫다며 입지 말래서 그거 데이트 폭력이라고 했더니 그러더라고요. '너 메갈이야?'"

무엇보다 가장 많은 사례는 외모에 관한 지적이었다. "살을 빼든 말든 네 자유지만 그래도 사회에는 어느 정도 용납할수 있는 기준이란 게 있는 거야." "솔직히 너 살집 있잖아? 몸매가 좋지는 않지."(나 주먹 들었어. 말리지 마. 놔봐. 놔봐!) 마른 여성이라 해서 후려침을 벗어날 수는 없다. "살만 더 찌면예쁘시겠어요. 지금은 너무 아파 보여요."(아픔이 뭔지 알고 싶니?) 특히 남자들을 안절부절못하게 만드는 건 화장 안 하는여자다. "너는 왜 화장을 안 하고 다녀? 다른 애들처럼 하고다니지." "화장을 줄이겠다니, 그럼 이제 아예 안 하고 다니겠다는 거야? 내 친구들이나 부모님 만날 때도?" 자기 키를 기준으로 여성의 가치를 평가하는 '상대성이론'도 등장했다. "넌 키만 컸으면 인기 많았을 텐데." "넌 얼굴은 괜찮은데 키가 너무 커."

야구를 좋아한다고 했더니 "보크가 뭔지 아세요?"라고 물었다는 한없이 전형적인 소개팅남 고발 사연에 낄낄대던 중, 다음 메시지를 읽다가 눈물이 핑 돌았다. "첫 연애 때 '얼굴은 예쁜데 비율이 약간 아쉽네'라는 얘기를 들었어요. 이별한 뒤에 내 비율이 문제인가 해서 7킬로그램 넘게 감량했죠. 원래도 정상 체중 이하였는데 40킬로그램까지 빼는 바람에 생리가 반년 넘게 끊겼어요. 그냥 무시할걸. 바보 같고 어려서 그랬던 기억이에요. 씁쓸…."

나 역시 연애할 때나 연애하지 않을 때나 오랫동안 외부 남성의 시선에 자신을 맞추려 했던 기억이 있기에 그의 마음을 알 것 같았다. 그래서 여성들이 내게 보내준 메시지를 읽으며 속상하고 분통이 터졌지만, 이제 그들도 나도 이런 말들이 얼마나 헛소리인지 알고 있다는 게 반갑기도 했다. 앞으로는 어떤 여성도 그따위 말 때문에 자신을 의심하거나 미워하지 않기를 진심으로 바란다. 남자에게 '무서워'라는 말을 듣는다면, 당신은 잘하고 있다.

이제야 그 시절을
떠올리며

—

　첫 단추를 잘못 끼웠다는 건 고등학교 입학식 때 알게 되었다. 같은 중학교 친구 대부분이 집 근처 B여고에 입학했는데, 내가 들어간 D여고는 같은 구에 있지만 교통이 불편해 한 시간 가까이 걸리는 위치였다. '전통 있는' 학교라는 소문은 개뿔, 낡은 건물과 지독하게 억압적인 학칙, 흉측한 교복이 D여고의 특징이었다. 게다가 절약 정신이 과도한 엄마 때문에 생판 모르는 졸업생의 교복을 물려받은 나는 터질 듯한 작은 치마 때문에 앉으나 서나 불편하기 그지없었다. 결국, 학기 초 운동장 조회 도중에 치마를 왜 그렇게 짧게 줄였느냐며 교련 선생님에게 혼이 난 뒤에야 엄마는 새 교복을 사주었다.

물론 그땐 이미 늦은 뒤였다. 1학년 열다섯 반, 칠백 명 넘는 애들 중 같은 중학교 출신은 열 명 남짓. 혼자 덩그러니 떨어진 우리 반에서 친구를 만들려니 어떻게 해야 할지 알 수가 없었다. 게다가 오 대 오 가르마에 귀밑 1센티미터 단발머리를 하고 몸에 꽉 끼는 교복을 입었는데, 날라리도 아닌 데다 사교성도 없는 나를 끼워주는 무리는 없었다. 그동안 친구 사귀는 데 큰 어려움을 느끼지 못했던 내가 떠올린 자구책은 적극적으로 행동하기였다. 모르는 애들에게 먼저 친한 척 말을 걸었고 수업 시간에 손 들고 씩씩하게 발표도 했으며 급기야 반장 선거까지 출마했다. 아무도 나에게 관심이 없어서 내가 스스로 추천했는데 아니나 다를까 다섯 표도 못 받고 장렬히 낙마했다. 그리고 따돌림이 시작되었다. 아무것도 아닌 애가 '나댄다'는 이유에서였다.

심각한 괴롭힘을 당했던 것은 아니다. 그냥 친구가 없었고, 뒤에서 조금 비웃는 소리가 들렸고, 아무도 나에게 말을 걸지 않았다. 팀을 이루거나 짝지어 수업을 받는 체육 시간이나 청소 시간이 가장 고통스러웠다. 청소년기의 인간은 친구가 없다는 이유만으로도 죽고 싶을 수 있다는 걸 그때 알았다. 어떻게 하면 전학 갈 수 있을지 수백 번쯤 생각했는데 왠지 부모님에게 말하지는 못했다. 부모님은 할머니가 돌아가신 뒤 건강이 악화된 할아버지 때문에 정신이 없었고, 친구가 없다는 얘기 같은 건 입 밖에 내기에 너무 비참했다. 그 시절 내 소원은 학교가 끝난 뒤 다른 애들이랑 같이 떡볶이를 먹으러 가서 수다를 떠는 거였다. 그 아무것도 아닌 시간이 영원히 오지 않을 것처럼 느껴졌다. 매일매일 죽고 싶다고 생각하며 학교에 갔다.

우습게도 친구가 생기기 시작한 건 몇 달 뒤, 내가 끔찍한 오 대 오 가르마에서 벗어나면서부터였다. 미용실에서 권하는 대로 머리를 짧게 잘랐을 뿐인데 그동안 말도 걸지 않던 아이들이 "이거 〈별은 내 가슴에〉 안재욱 머리 아니야?"라며 관심을 보였다. 그러다 우리는 떡볶이도 먹으러 가고 만화책도 나눠 보고 편지도 주고받았다. 어느 날 복도에서 마주친 가정 선생님은 귀 위 1센티미터 정도까지 자른 머리를 보고 "너 지금 반항하는 거니?"라며 화를 냈지만 상관없었다. 나에겐 이제 친구가 생겼으니까. 다시는 따돌림받고 싶지 않은 마음과 함께 어떤 친구를 열렬히 좋아하기도, 별것 아닌 이유로 어느 순간 절교하기도 하며 3년이 흘렀다.

수능을 경계 삼아 인생을 딱 반으로 접고도 남을 만큼 오랜 시간이 흘렀는데도, 여전히 수능 시험장을 향해 걸어가던 그날 아침처럼 공기가 쌀쌀한 계절이 오면 가슴 한편이 짓눌리는 기분이 든다. 고등학교 시절에 대한 기억은 거기에서 뚝 끊겨있다. 어색하고 후련했던 졸업식은 아주 작은 파편처럼 만 남아있을 뿐이다. 지옥에서 온 사자 같은 표정으로 늘 몽둥이를 한 손에 들고 다니던 학주가 졸업식 날 귀를 뚫거나 염색하고 오는 애를 잡을 거란 소문이 돌았지만, 실제로 어땠는지는 모른다.

　누구는 대학에 가고 누구는 재수를 하면서 친구들과는 서서히 연락이 끊겼다. 아침 보충수업부터 야간 자율학습까지 매일 열두 시간씩 붙어있을 이유가 없어지자 할 이야기도 사라졌다. 과거의 추억보다 재미있는 게 많아졌다. 사실 우리에게 남은 것 대부분은 추억이 아니라 상처였다. 어떻게 대처해야 할지 아무도 몰랐던 교사들의 성추행, 촌지를 받지 않는 교사가 손에 꼽힐 만큼 부패했던 재단, '삼청교육대'라 불렸던 주말의 단체 기합, 부인을 때린다는 소문이 파다했고 우리도 때렸던 한문 교사, 제자와 결혼한 걸 자랑스레 떠들었던 음악 교사, 동급생을 발로 걷어차던 체육 교사…. 모의고사가 끝나면 벽에 붙던 등수표와 우열반 명단, 대학교 수시전형에 먼저 합격한 친구를 둘러싼 부러움과 시샘의 공기. 오랜 시간이 흐른 뒤 영화 〈벌새〉를 보다 쓴웃음을 지었다. "나는! 노래방 대신! 서울대 간다!"라는 구호로 가득 찬 교실 안에 마치 내가 있는 것 같았다.

언젠가 북토크에서 고등학교 시절에 관해 이야기한 적이 있다. 나도 모르게 "저는 연락하고 지내는 고등학교 친구가 한 명도 없습니다. 아마 그때 제가 너무 불행했기 때문인 것 같아요"라는 말이 흘러나왔다. 무의식 속에 묻어두었던 진심이었다. 우리는 함께 성장하는 대신 시험 날 하루를 향해 3년을 달려야 했다. 나의 자리는 누군가의 위 혹은 아래에서만 확인할 수 있었다. 그 끝에서 서로를 미워하지 않기란 거의 불가능했다. 적어도 나는 그랬다. 그래서 그 시절을 통과하고 난 뒤로는 함께했던 친구들이 그립지 않았다. 나만 그런지도 모른다는 생각에 수치심과 자괴감이 들수록 그 시절을 더 외면했고, 나를 포함한 기억 속의 모두를 경멸했다.

예상치 못한 곳에서 과거의 나, 그리고 기억 속의 친구들과 화해할 수 있게 된 것은 고사리박사 작가의 만화 『극락왕생』 때문이다. 스물여섯에 죽어 '당산역 귀신'이 된 박자언은 극락왕생의 기회로 다시 얻은 1년의 생을 지옥도에서 온 도명존자와 함께 보내며, 귀신과 인간을 돕게 된다. 문제는 그가 돌려받은 '가장 중요한 한 해'가 바로 고3이라는 점이다. 자비 없는 관음보살의 결정으로 다시 살아야 할 이유도 알지 못한 채 인생 최악의 시기를 견뎌야 하는 자언은 재회한 옛 친구들도 반갑지 않다. 말 많고 아는 척 심한 친구의 단점, 수능 결과 때문에 드러나버렸던 친구의 본심, 겉으로는 괜찮은 척하지만 서로 싫어했던 친구와의 관계, 같이 놀기는 해도 속을 알 수 없었던 친구들에 대한 기억은 더 이상 추억이 아니다.

"서랍 한 칸만 한 교실 안에 아침부터 밤까지 꼼짝없이 갇혀 우리는 서로를 더 미치게 만들었다. 간신히 참고 버틸 수 있었던 건 오늘을 견디면 한 줌의 얘깃거리라도 남겠지 싶어서. 그런데 얘들아, 그거 알아? 우린 결국 얘깃거리조차 못 됐어."[1] 자언의 독백이 아픈 것은 진실을 담고 있기 때문이다.

하지만 『극락왕생』은 십 대 후반 여성들의 우정이 얼마나 얄팍하고 진저리 치는 것이었는지 세밀하게 비추는 한편 그것이 얼마나 다정하고 끈끈했는지, 그리고 왜 서로에게 상처 주거나 실망할 수밖에 없었는지 이해하게 만든다. 모두가 미숙하면서도 조급했던 시절, 매일 붙어 다니면서도 서로를 잘 알지 못했다는 아이러니 때문에 마음속으로 선을 그었던 관계는 한 발 떨어져 바라보자 비로소 가까워진다. 단짝 재경이 아는 척하기 좋아하는 애라고 여겨 "인간이라면 당연히 다를

---

1 88~89쪽, 『극락왕생 1』 고사리박사, 문학동네(2020년)

수도 있는 부분을 단점으로 꼽고 실망하고 미워했"[2]던 자언은 문득 자신이 좋아하는 것에 대해 실컷 떠들어대던, "무용한 것을 그냥 지나치지 않는 재경이의 다정한 낭만이 이 시절의 나를 살게 했다"[3]는 사실을 깨닫는다.

전교의 '인싸'인 친구 꽁지가 사람의 비밀을 먹고 자라는 쏙닥나무 아래서 자언에게 처음으로 커밍아웃 하는 순간은, 동성애 혐오적인 분위기의 학교와 사회에서 벗어나기 위해 성인이 되기만을 기다리는 성소수자 여성 청소년의 존재를 선명하게 그려낸다. 보이는 것 이상을 알려 하지 않았기에 서서히 멀어질 수밖에 없었던 관계는, 자언이 지민의 밝은 얼굴 뒤에 감춰졌던 외로움과 두려움에 다가서면서 지난 생과 달라진다.

"세상에는 사람 수만큼의 우주가 있는 게 아닐까. 그래서 각자의 우주에서 서로의 별세계를 짐작도 못 한 채 살아가는 건지."[4] 사람이 이 정도의 깨달음을 얻으려면 역시 한 번 죽었다 살아나는 수밖에 없는 것일까. 하지만 『극락왕생』 덕분에 나 역시 뒤늦게 알게 되었다. "좋다가도 밉고 한없이 얄미

---

2   201쪽, 『극락왕생 4』 고사리박사, 문학동네(2021년)
3   234쪽, 앞의 책
4   199쪽, 앞의 책

웠다가 세상에서 제일 정다웠다가 뜨겁다가 차갑다가 마음만 먹으면 돌아설 수 있을 것처럼 혹독해놓고 정작 헤어지는 날엔 다시없을 반전인 양 비통해하고, (…) 그 난리가 끝나고 남은 숨 가쁜 가슴이야 우리의 만남이 한낱 고약한 변덕이었노라 하지만 그렇게 하루에도 몇 번씩 마음을 바꿀 만큼 분주하게 사랑한 걸 수도 있는데."[5] 나야말로 좋았던 순간은 다 잊고 너무 오래 마음을 걸어 잠그고 있었다는 사실을. 그래서 이제야 그때의 친구들을 그리운 마음으로 떠올린다. 지금 어디서 어떻게 살아가든 행복하기를. 만약 우리가 함께해서 좋았던 순간이 있다면 가끔 기억해주기를.

5   129~131쪽, 『극락왕생 1』 고사리박사, 문학동네(2020년)

방과 후 페미 활동

—

늦은 오후의 운동장은 고함을 지르며 공을 따라 이리저리 뛰어다니는 남학생들로 분주했다. 수도권에 있는 특성화고인 S고등학교의 페미니즘 동아리 담당 교사에게 강연 요청을 받고 나서 교통편을 알아보려고 포털사이트에 학교 이름을 검색했더니 학생들의 성비가 함께 떴다. 팔 대 이. 남학생이 훨씬 많은 학교인데도 페미니즘 동아리가 있다니, 세상이 정말 바뀌고 있는 걸까?

복도 끝에 숨어있다시피 한 도서실에는 띄엄띄엄 책상이 놓여있었다. 나를 맞이한 교사는 예상과 달리 젊은 남성이었다. 여학생 셋, 남학생 둘, 역시 젊은 남성인 교직원 한 명과

시 산하 청소년 담당센터의 여성 직원 두 명이 청중의 전부였다. 나를 합쳐 다섯 명 모인 곳에서 강연한 적도 있기에 당황하지는 않았다. 요즘 무엇을 재미있게 보고 어떤 사람을 좋아하는지 적어달라고 메모지를 나눠주자 모두가 진지한 얼굴로 답을 적었다. 축구, 백종원, 수지, 꽃자, 기생충, 겨울서점, 문명특급, 에이틴, 아는 형님…. 생각보다 아는 이름이 많아 왠지 마음이 놓였다.

학생들은 강연을 열심히 들었다. 대중문화 속 여성혐오에 관한 사례를 들 때마다 고개를 끄덕이고 서로를 쳐다보며 크게 한숨을 쉬기도 했다. 하고 싶은 말이 많은 것 같았다. 강연을 마친 뒤, 질문을 받기로 했다. 조용했다. 어디서든 처음에 손 들고 말하기가 어렵다는 걸 알고 있으니 나부터 가볍게 물어보았다. "학교 안에서 페미니즘 동아리를 하면 어때요? 다른 학생들도 관심 있다고 하나요?" 짧은 침묵이 이어졌다. 그리고 학생들이 앞서거니 뒤서거니 말했다. "비밀이에요!"

네? 뭐가 비밀이라는 얘기인지 알아듣지 못해 멍한 내게 담당 교사가 설명했다. "페미니즘이라고 하면 경계 대상이 되니까, 혹시라도 외부에 얘기할 때는 인권 동아리나 성평등 동아리라고 해요. 교장, 교감 선생님이 결재는 해주셨는데 공개적으로 홍보는 못 하고 알음알음 모았어요. 이런 주제에 관심 있는 학생이랑 그 친구 위주로…." S고등학교에 오기 전 상상했던 희망찬 그림이 와르르 무너지고 있었다. 나는 '페미니즘'이 금기어인 공간에 잠입해 비밀 모임을 연 불순분자인 셈이었다.

야무진 인상의 여학생이 또렷한 말씨로 입을 열었다. "저번에 오신 교생 쌤이 자기가 페미니스트라고 하셨는데, 그 얘기가 학교에 소문나면서 수업 때마다 애들이 낄낄거렸어요. 그리고 쉬는 시간마다 복도에서 '저 선생님 페미니스트래~' 라고 크게 말하고 다녔어요. 그 쌤은 남자였는데도 '저 선생님 여자야, 남자야? 페미니까 여자겠지!' 이런 식으로 놀렸어요."

단짝이라 나란히 붙어 앉은 여학생 둘은 같은 반 남학생들이 필통에 "보이루"라는 낙서를 해서 오늘도 실랑이를 벌였다며 속상해했다. "하지 말라고 해도 '보이루 왜 싫어하는데?' 라고 자꾸 물어보는 거예요. 근데 괄호 치고 '왜 싫어하는데? (메갈년아!)' 이런 느낌으로 말하는 거 있잖아요."

줄곧 싱글벙글한 표정으로 강연을 듣던 남학생은 "페미니스트로 다시 만난 세계"라는 부제가 달린 내 책을 꺼내 보여주며 말했다. "제가 이 책을 다 못 읽어서, 오늘 교실에서 짬날 때마다 읽었거든요. 그런데 유독 페미를 반대한다고 해야 하나? 그런 행동을 하는 친구가 표지를 보더니 되게 큰 소리로 '어? 너 페미니스트야?'라고 시비를 거는 거예요. 저도 욱해서 '그래, 나 페미다!' 그러고 왔는데, 그렇게 한번 말이 나오면 애들 사이에서는 소문이 쫙 퍼져요." 담당 교사가 무안해하며 덧붙였다. "남학생이 훨씬 많거든요." 그건 알고 있는 사실이었지만, 현실이 이럴 줄은 몰랐는데….

교실 가운데 앉아있던 안경을 낀 남학생도 조용히 얘기를 시작했다.

"저는 페미니즘이 나쁘지 않다고 생각하는데, 저희 과 애들은 다 페미를 진짜 싫어해요. 수업 시간에 복도 지나가다가 옆 반에서 자습하는 걸 봤는데 쌤이 없으니까 교실 컴퓨터로 야동을 틀더라고요."

"그러면 평소엔 어떻게 생활해요?"

"전부 페미를 싫어하니까 혼자 반대하기가 어려워요. 친구들하고 지낼 때는 속으로 숨기고 그쪽 흐름을 타면서 지내다가 여기 오면 반대 입장을 취하죠. 왕따가 될 순 없어서…."

"만약 친구들에게 '내가 생각하기엔 그렇지 않은 것 같은데?'라고 하면 어떤 일이 일어날까요?"

"한번 말한 적 있어요. 아까 얘기한 그 교생 쌤이랑 제가 많이 친했거든요. 그런데 그 쌤을 자꾸 페미라고 욕하는 친구가 있어서 제가 페미는 나쁜 게 아니라고, 페미가 처음에 왜 생겨났는지 얘기했더니 친구가 절대 아니라고 페미는 나쁜 거라고 그러더라고요…."

덤덤하게 털어놓는 소년과 달리 나는 점점 울고 싶어졌다. 이들에 비하면 나는 그야말로 안전한 곳에서 안전한 말만 해도 괜찮은 어른이라는 사실이 부끄러웠지만, 무슨 말이든 더 해야 할 것 같았다. 머릿속이 엉망이 된 채 일단 입을 열었다.

"아직도 해나가야 할 일이 많고 고쳐나갈 게 정말 많지만, 이 세상에 페미니스트는 점점 늘고 있다고 생각하거든요. 그러니까 내가 무언가를 함께 바꿀 수 있는 사람 중 하나라고 생각하면 좋겠어요. 그리고 지금 학교에서 자신이 하고 싶은 말을 다 할 수 없듯이, 학교 밖에 나가도 내 생각을 다 말할 수 있는 자리는 좀처럼 많지 않을 수도 있어요. 졸업 후 한동안은 더 힘들지도 몰라요. 하지만 그때마다 왜 '그것은 틀렸습니다'라고 말 못 했을까 자책하지 않으면 좋겠어요. 그 순간 그렇게 하지 못하는 이유가 분명 있을 거거든요. 나이가 어려서 혹은 직책이 낮아서일 수도 있고, 나를 어떤 자리에서 자를지 말지를 상대방이 결정할 수도 있기 때문이에요. 그러니까 그때 어떻게 하지 못한 것에 대해, 내가 비겁하고 못나서 말 못 했다고 생각하지 말고요. '앞으로는 어떻게 하면 좋을까' 다시 생각하면 되고, 매번 조금씩만 더 나아갈 수 있으면 좋겠다고 생각해요. 그리고 나와 그 문제를 같이 고민해줄 누군가를 찾아서 함께하다 보면, 그래도 오랫동안 우리가 페미니스트로 살 수 있지 않을까 생각합니다. 오늘 제가 열심히 얘기하긴 했지만, 사실 여러분 모두 매일매일 너무 고민이 많을 것 같아서 도움이 될지 잘 모르겠어요."

해가 지기 전에 다시 운동장을 가로질러 나왔다. 그사이 교정은 비교적 한적해졌지만, 아까처럼 평화롭다는 느낌은 들지 않았다.

얼마 전 청소년을 대상으로 한 혐오표현 노출실태 보고서에 관한 기사를 읽었다. 우리 사회에서 어느 집단에 대한 혐오가 심각한지에 관한 질문에 범죄청소년(소년범, 39.3퍼센트), 페미니스트(34.1퍼센트), 성소수자(32.8퍼센트) 순으로 답했다[1]는 내용을 보며 가슴이 답답해졌다. 이들은 주로 "친구들이 모두 사용해서"(17.9퍼센트), "친구 집단과 잘 어울리기 위해서"(12.8퍼센트) 혐오표현을 사용했다고 응답했고, 다른 집단에 비해 '폭력' 피해가 심한 집단으로 범죄청소년(8.0퍼센

---

1   오세진 기자 "청소년들 '소년범·페미니스트·성소수자 등 혐오표현 심각'" 《서울신문》 2021년 3월 2일

트), 페미니스트(4.2퍼센트)를 꼽았다. 그렇다면 지금 학교 안팎에서 청소년 페미니스트의 삶은 어떨까.

미디어 속 여성혐오를 지적하는 칼럼을 쓰거나 공개적인 자리에서 페미니즘에 관해 이야기하고 나면 "용기 내주셔서 감사합니다"라는 메시지를 종종 받는다. 하지만 내가 알고 있는 진짜 용기는 S고등학교 페미니즘 동아리 다섯 부원의 것이다.

그해 여름은
뜨거웠네

—

　사당역을 나와 남태령역 방향으로 한참 걷다 보면 대로에서 안쪽으로 쑥 들어간 곳에 덩그러니 건물 한 채가 있었다. 외관은 기억나지 않는다. 내게 그곳은 그냥 하나의 박스 같은 공간이었다. 작은 무대와 넓지 않은 홀, 그리고 오빠가 있는.

　거기에 간 것은 매주 금요일 저녁 그 스튜디오에서 진행되는 〈엔탑〉(〈N top 인기가요〉의 줄임말)의 단독 MC인 J를 보기 위해서였다. 아이돌 그룹 S의 멤버인('멤버였던'이라고 적었다가 고쳤다. S는 아직 해체하지 않았기 때문에 매우 민감한 부분이다) J에게 나는 열렬히 빠져있었다. 그 몇 달 전에는 다른 그룹 H의 W에게, 그 전에는 Y의 Y에게 미쳐있었지만 새로운

'오빠'가 나타나면 미련 없이 날아가는 철새 팬이 나였다.

신생 케이블 방송국에서 만든 〈엔탑〉은 〈엠카〉(〈M 카운트 다운〉의 줄임말), 〈쇼탱〉(〈쇼! 뮤직탱크〉의 줄임말)만큼 잘나가는 프로그램이 아니었다. S만큼 많은 팬을 몰고 다닐 정도의 가수들은 〈엔탑〉에 잘 나오지 않았다. 즉 거기서 제일 인기 있는 가수는 대개 J였고, 방청객 대부분은 나처럼 J의 팬이었다. 가수들이 노래하고 들어가는 사이사이 J는 무대 앞쪽 의자에 걸터앉아 짤막한 멘트를 했다. 솔직히 그렇게 재밌지는 않았다. 하지만 무더운 계단참에 몇 시간씩 빽빽하게 줄을 서서 기다려도 홀이 가득 차면 들어갈 수 없는 〈엠카〉에 비해, 일단 가기만 하면 몇 미터 앞에서 J를 볼 수 있는 〈엔탑〉에 출석하지 않는 것은 왠지 아까웠다. 어차피 〈엔탑〉에 가지 않더라도 특별히 할 일은 없었다.

20년이 지난 지금도 땀방울이 맺힌 이마를 향해 큐카드로 손부채질을 하던 J의 팔 각도와 세로줄이 그려진 반소매 셔츠 아래 거무스름한 피부, 탈색으로 푸석해진 밤색 머리카락이 VR처럼 떠오를 때가 있다. 그것은 내가 렌즈를 통해 본 모습이었다. 나는 강친(당시 공개방송 현장 안전관리와 경호를 도맡던 업체 '강한 친구들'의 줄임말)의 눈을 피해 꾸준히 J의 사진을 찍었다. 용돈을 아껴 매주 서른여섯 방짜리 필름을 두 통씩

사고, 〈엔탑〉 촬영 다음 날이 되면 동네 사진관에 맡겨 현상했다. 내가 연예인을 찍고 있다는 사실을 안 사진관 아저씨는 근처 문방구를 통해 팔자고 제안했지만, 누가 봐도 그럴 만한 사진은 아니었다. 사진을 찍는 게 처음이다 보니 적목현상이 일어나거나 초점이 흔들린 게 태반이었다. 심지어 나조차도 그 사진들을 찬찬히 들여다보지 않았다. 단지 내 눈앞에 서있던 J를 그냥 흘려보내고 싶지 않아서 강박적으로 셔터를 누른 것뿐이었다. 지금도 우리 집 베란다에 쌓인 박스 안에는 남들에겐 다 똑같아 보일 J의 사진 수백 장이 바래가고 있다. 만약 내가 죽고 나서 유명해질 때를 대비해 미리 해명하자면, 사진의 날짜가 1987년으로 찍힌 것은 카메라의 날짜 바꾸기 기능을 몰랐기 때문이다.

J를 사랑하는 것은 스물한 살의 내가 할 수 있는 것 중 가장 쓸모없고 설레는 일이었다. 대학에 들어갔지만, 아니 대학에 왔으니 공부는 절대 하고 싶지 않았다. 취업이 잘된다는 말만으로 결정한 전공은 지루하기 짝이 없고 학점은 바닥을 쳤다. 왠지 모두 나보다 성실하고 긍정적인 듯한 과 동기들과는 끝내 친해지지 못했다. 늘 맞지 않은 옷을 입은 기분이었다. 다들 다니는 것 같은 토익 학원에 등록하기도 했지만 두 번쯤 가고 나니 아침 일찍 일어나는 게 고역이라 엄마의 눈을 피

해 빼먹다가 그만뒀다. 어차피 졸업하면 회사원이 될 텐데(그때 졸업장만 있으면 회사라는 곳에 그냥 들어갈 수 있다고 생각했다) 지금은 아무것도 안 하면 안 될까? 나는 부모님의 기대대로 쓸모 있는 사람이 되고 싶지 않았다. 그렇다고 연애를 하고 싶지도 않았다. 미팅이나 소개팅으로 실제 남자를 만나다니 생각만 해도 거북했다. 연애는 너무 먼 얘기였다. 나는 그냥… 어른이 되고 싶지 않았다.

하지만 공부도 연애도 아르바이트도 하지 않는 대학생에겐 시간이 많았다. 너무 많았다. 그래서 계속 쓸모없는 일에 몰두했다. 〈생가발〉(〈생방송! 가요발전소〉의 줄임말)에 S가 나오는 걸 녹화하기 위해 VCR 앞에 죽치고 있는 날이면, 당시 여의도 문화방송 근처에 있는 회사에 다니던 아빠는 말씀하셨다. "맨날 방송국 앞에 서서 호트 기다리고 서있는 애들이 뉘 집 딸들인가 했더니 우리 집 딸이더라?" 아빠는 에쵸티를 일부러 '호트'라고 발음하며 나를 놀리곤 했지만 내가 이제는 다른 그룹을 좋아하고 진짜로 공개방송에 따라다닌다는 사실까지는 자세히 알지 못했다. 나는 못 들은 척하며 남아있는 VHS 테이프의 분량을 체크했다.

그러던 어느 날 SIE를 알게 되었다. S그룹의 S와 내가 다니던 대학의 이니셜을 합쳐 만든 SIE는 학교 온라인 커뮤니티에서 생겨난 팬 모임이었다. 나는 재빨리 같은 학교에 다니는 유미 언니를 꼬드겼다. 고등학교 때부터 좋아했던 일본 비주얼 록밴드 L의 PC통신 팬클럽에서 만나 친해진 유미 언니는 마침 S의 근육질 꽃미남 D에게 관심을 보이기 시작한 참이었다. 우리는 SIE 번개모임에 함께 나갔고, 두 번째 모임은 〈인기가요〉의 성지인 등촌동 SBS 공개홀 앞에서 이루어졌다. 그날 S의 무대를 봤는지는 기억나지 않는다. 중요한 건 내가 드디어 마음 둘 수 있는 집단을 찾아냈다는 사실이었다.

고등학교 때와 마찬가지로 대학에서도 친구를 사귀는 건 어려웠다. 혹시 내가 장우혁 사진이 대문짝만하게 박힌 노트를 들고 다녀서일까? 대학생은 그러면 안 되는 걸까? 내가 혹시 루츠(Roots)나 후부(FUBU) 같은 브랜드의 헐렁한 티셔츠에 포대 자루 같은 힙합 바지를 질질 끌고 다녀서일까? 짧은 머리를 금발로 염색해서 불량해 보이는 건가? 아무튼, 우리 과에선 친구 한 명 없는 내가 처음 만난 또래 여자애들과 '친구처럼' 대화를 나눌 수 있다니 꿈만 같은 일이었다. SBS 공개홀 앞 허름한 커피숍 겸 호프에서 내가 J에 관해 시답잖은 농담을 던질 때마다 빵빵 터지는 SIE 회원들을 보며, 나는 조금 감격하고 말았다.

그리고 1년 정도, 우리는 함께 미쳐있었다. S의 공개방송은 물론 J가 출연하는 〈출발! 드림팀〉 촬영 현장에도 열심히 따라다녔고, S의 멤버들이 단골이라는 압구정동 술집에 '성지 순례'를 갔다. 스무 살이 되자마자 면허를 딴 수지 언니는 그 어떤 국도 변 외진 세트장이라도 찾아가길 마다하지 않았다. 한번은 S의 숙소 앞에도 함께 갔다. 무더운 여름날이었는데, 한낮의 주택가 골목에 수십 명의 여자아이들이 줄을 지어 앉아있었다. 언제 오빠가 숙소에서 나올지 모르니 마치 서부영화 속 일촉즉발의 순간처럼 묘한 긴장감이 감돌던 공기만이 아련하게 떠오른다. 얼마 전에는 혹시 내 망상은 아닐까 싶어(차라리 망상이면 좋겠다고 생각하며) 나와 함께 J부인을 자처했던 현지에게 그게 정말 있었던 일인지 물어봤다. 현지는 한심하다는 얼굴로 나를 보며 말했다. "그럼, 꿈이었겠냐?"

우리의 S 덕질은 예상치 못하게, 하지만 지금 생각해보면 아주 전형적인 수순을 밟으면서 끝났다. 해가 바뀌고 2002년 여름, 한일 월드컵이 열렸다. 지금도 가끔 방송에 자료화면으로 등장하는 그해 여름은 모든 사람이 '비더레즈(Be the Reds)' 티셔츠를 입고 얼굴에 태극 마크를 그린 채 광장에 모여 앉아 축구에 열광하는 모습으로 기억되지만, 우리의 현장은 조금 달랐다. 당시 서울 시내 곳곳에서는 큰 공터에 대형 전광판을 설치하고 축구 경기를 생중계 하는 행사가 열렸는데, 식전 무대에 종종 S가 서곤 했다. 그래서 우리는 붉은 악마들 틈에 끼어 S의 무대에 열광한 다음, 축구가 시작되기 전에 얼른 인파를 빠져 나와 텅텅 빈 지하철을 타고 집으로 돌아갔다. 모두가 축구에 열광할 때 휩쓸리지 않았다는 무의미한 자부심이 애국심보다 벅차게 가슴을 채웠다. 물론 우리 국가대표팀이 예상보다 더 많은 승리를 거두면서 연예인들도 거리로 뛰쳐나와 축하 파티를 벌인다는 사실이 알려진 뒤에는, 경기가 열리는 날 압구정 골목에 붉은 악마를 가장해 잠복하기도 했다.(S의 멤버 R이 자주 간다는 카페의 커피는 무척 비쌌다.) 그리고 어찌 된 영문인지는 역시 잘 기억나지 않지만, 우리는 수지 언니가 어디선가 얻어온 티켓으로 K리그 올스타전을 보러 갔다가 마치 집단 상사병에 걸린 것처럼 국가대표팀 선수들에게 빠져버렸다. 물론 그것은 K리그 혹은 J리그, 심지어 유럽리그 덕질로까지 이어졌다.

그 후로도 나는 아이돌, 영화배우, 운동선수, 프로게이머 등 온갖 분야의 남자들을 좋아하고 현장을 뛰었다. 스타크래프트 한 번 해본 적 없으면서 몇몇 선수의 생일파티 행사까지 갔던 열정은 대체 어디서 왔던 걸까 싶지만, 그때마다 같이 있던 사람이 나와 마찬가지로 스타크래프트라곤 테란, 저그, 프로토스의 종족 이름밖에 모르는 유미 언니였다는 걸 생각하면 조금은 알 것도 같다. 나는 누군가에게 푹 빠져 이성을 잃는 감각을 사랑했고, 사소한 일에 함께 흥분하거나 열광하는 친구가 있다는 게 너무 즐거워서 멈출 수가 없었다.

움직이는 걸 영 귀찮아하는 내 인생에서 그렇게 매일 집 밖에 나가 누군가를 만나고 새로운 곳으로 달려갈 만큼 에너지 넘치는 시기는 그 후로 다시 오지 않았다. S의 1집 두 번째 활동곡 가사에는 "인생을 낭비하지 마세요"라는 대목이 있지만, 그때 나와 친구들은 모두 인생을 진지하게 낭비하고 있었다. 그리고 정말 다행스러운 사실이 있다. 오빠는 가도 친구는 남는다는 것이다.

최애와 함께
타오르다

—

언제부터 빠순이였냐고 묻는다면, 솔직히 잘 기억나지 않는다. 1996년 9월 9일 월요일 아침, 늘 그랬듯 떠들썩한 자습 시간에 반 아이들 거의 모두가 주말에 〈토토즐〉(〈토요일 토요일은 즐거워〉의 줄임말)에 나와 "키워주세요!"를 외쳤던 핫인지 HOT인지 에쵸티인지 하는 가수에 관해 이야기하고 있을 때는 분명 아니었는데. 정신 차려보니 내 소원은 톤혁(H.O.T.의 토니 안과 장우혁을 동시에 칭하는 표현이자 두 사람의 커플링명) 숙소의 가사도우미가 되는 거였고, 그게 아니면 화장실 '쓰레빠'라도 되고 싶다고 부르짖고 있었다.

그러다가 〈열맞춰!〉 표절 논란 당시 나에게 RATM(Rage

Against the Machine) 앨범을 사주며 비웃고, 토니가 콘서트에서 메탈리카의 〈Enter Sandman〉을 불렀다는 걸 가지고 한 달 동안 놀려먹느라 정신없던 유일한 남자 사람 친구와는 서로 H.O.T.와 핑클 중 누가 더 나은가를 두고 싸우다가 사이가 틀어져버렸다. 물론 2000년 여름, 오빠들이 3D 입체 영화 〈평화의 시대〉를 들고 나왔을 땐 그 전에 인연을 끊어서 정말 다행이라는 생각이 들었다.

대학에 입학한 뒤에는 홀가분한 마음으로 현장(일반적으로 공개방송, 콘서트장, 쇼 프로그램 녹화장을 의미하나 넓은 의미로는 압구정이나 숙소 앞 등 오빠들이 있는 모든 곳을 포함한다)을 뛰기 시작했다. 미리 확보한 표, 혹은 빽(방송국이나 연예기획사에서 일하는 지인 혹은 지인의 지인)이 있어야만 입장할 수 있던 공중파 음악방송과 달리, 하루치 시간과 인내심을 투자하면 결실을 얻을 수 있던, 즉 선착순 입장이던 케이블 채널 공개방송 현장에는 매주 빽빽한 줄이 늘어섰다. 특히 교복 혹은 사복 차림에 최대한 멋을 낸 여자아이들이 모여들던 동대문의 한 패션타워 비상계단은 언제나 묘한 긴장감과 열기로 가득했다. 입장 줄이 어디에서 잘릴지를 아는 이는 오직 하나님과 강친뿐이었기 때문에 우리는 모두 서로의 적이자 경쟁자였다. 혹시 누가 새치기를 하

지는 않을까 눈을 번득이면서 영어단어를 외우거나 『수학의
정석』을 바닥에 펴놓고 숙제하는 소녀들 틈에서, 나는 여유
로운 척 책을 꺼내 읽었다. 이러려고 대학생이 된 거니까.

하지만 아무리 고고한 척해봐야 치열한 투쟁이 끊임없이
벌어지는 약육강식의 세계에서 나만 예외일 수는 없었다.
뒷줄에서 카메라를 꺼내 들고 오빠들의 무대를 몰래 찍던
어느 날도 그랬다. 무아지경에 빠져 셔터를 누르는데 어깨
에 얹히는 누군가의 손, 강친이었다. 고등학교 야자 시간에
만화책을 보다가 학생주임에게 정통으로 걸린 순간 이후 두
번째로 맛보는 공포였다.(첫 번째 공포는 후술할 에피소드에
등장한다.) 온몸의 피가 발로 빠져나가는 것 같은 기분, 그
러나 카메라를 내놓으라는 강친 앞에서 나는 태연함을 가장
하려 애썼다. "이제 안 찍을게요~."(그냥 비굴했을 뿐이다.)
"이리 주세요." 그가 카메라 끈을 잡아당겼다. "아, 죄송해
요. 다신 안 그럴게요. 네?" "사진 찍으면 안 되는 거 아시잖
아요. 주세요." 카메라가 그의 손으로 넘어가는 순간, 나는
이성을 잃고 외쳤다. "아이씨! 그거 비싼 카메라예요! 내놔
요! 빨리! 비싼 거라니까!" 다음 순간, 어이가 없다는 듯 혹
은 불쌍하다는 듯 나를 바라보던 그 강친은 카메라를 놓고
다른 쪽으로 가버렸다. 지금 생각하면 지구 내핵까지 땅을

파고 들어가도 모자람 없이 부끄러운 일인데, 그땐 그저 사진을 지켰다는 것만으로도 뿌듯했다. 오빠만 볼 수 있으면 안 먹어도 배가 부르던 현장이었으니까.

기말고사를 이틀 앞두고 친구 효정과 현장을 찾았던 날, 녹화 시작까지는 여섯 시간이나 남았는데도 이십 층까지 팬들로 가득했다. 후덥지근한 십구 층 계단 사이에 앉아있던 우리는 그룹마다 입장 인원을 따로 배정해준다는 사실에 착안, 상대적으로 수가 적은 C그룹 팬클럽으로 내려가 줄을 섰다. 미리 말하자면, 당시 우리는 S그룹 팬이었다. 스스로의 현명함에 만족하며 시간이 흘러 입장을 한 시간 앞두고, 청천벽력 같은 소식이 들려왔다. C의 팬클럽 임원들(공식 팬클럽 소속의 간부들. 주로 현장에서 입장 줄을 관리하고 사진이나 캠코더를 찍지 못하도록 막는 역할을 한다)이 가방 검사를 한다는 거였다. 검사해서 타 가수 팬인 거 걸리면 죽을 줄 알아라. 얼른 C의 팬이란 걸 증명할 물건을 내놔라….

증거물을 내놓으라니, 그런 유치하고 무식한 방법이 어디 있느냐고 항의하고 싶었지만 휴대폰에는 S그룹의 메인보컬 H를 그린 팬시상품이, 학생수첩에는 '으뜸이' J의 사진이, 가방 안에는 S의 공식 컬러로 제작된 응원용 막대풍선이 들어있는 등, 온몸으로 S의 팬임을 증명하고 있던 나로선 선택의 여지가 없었다. 주위에 포진한 C그룹 팬들의 시선을 피하며 손수건으로 막대풍선을 꽁꽁 싸 가방 구석에 처박았고 (미리 불어두지 않아서 다행이었다) 휴대폰 줄과 사진도 주머니 깊숙이 숨겼다. 그 긴박한 와중에도 가방 검사는 계속됐고, C그룹과 관련된 소지품이 없는 사람은 일으켜 세워져 "우리 팬클럽 공식 창단일이 언제예요? T오빠 생일은 몇 월 며칠이에요? Y오빠 중학교 어디 나왔어요?" 등 엄중한 심문을 받아야 했다.

그리고 마침내 우리 앞에 도착한 임원이 고개를 바짝 치켜들며 "K오빠 생일이 몇 월 며칠이에요?"라고 묻던 순간, 공포에 물든 내 영혼은 육체로부터의 탈출을 시도하고 있었다. 난 이제, 이 이백여 명의 C그룹 팬들에게 자리 도둑으로 몰려 몰매라도 맞게 되는 걸까? 사주에 망신살이 있다는 게 이런 의미였나? 그런데, 옆에 있던 효정이 갑자기 임원에게 다가가서 귓속말을 하는 게 아닌가. 한참을 듣고 있던 임원은 끝까지 의심스럽다는 표정을 지우지 않았지만, 우리를 위아래로 한번 훑어보고는 말없이 뒷줄로 옮겨갔다. 위기가 지나간 뒤 효정이 속삭였다. "TV에서 예쁜 아가들이 나오는 거 보고 너무 귀여워서 아르바이트 쉬고 한번 보러 왔어요. 저희는 아무것도 모르는 순박한 노땅 팬이에요"라고 애원했다고.

현장에서는 다양한 사람들과도 많이 마주쳤다. K그룹 메인보컬 N군이 솔로 활동을 할 때 매번 무대 앞에 서서 N군이 나온 잡지 스크랩북을 한 장 한 장 넘기며 팬심을 어필하던 남성 팬. 자신들은 발라드 가수 B의 팬인데 오빠 한번 가까이서 보는 게 소원이라며 애원해 자리를 바꿔줬더니 사실 나와 같은 S의 팬이었던, 즉 앞자리를 두고 경쟁하는 무리였던 경우도 있었다.

그중에서도 가장 잊을 수 없는 사람은 역시 신인가수 W의 매니저다. 어느 여름날 현장이었다. 어떤 남자 둘이 붙잡더니 오늘 데뷔하는 여성 솔로 가수의 응원 알바를 제안했다. 아직 팬이 없어 무대가 너무 썰렁할까 걱정이니 W가 나올 때 야광봉을 흔들며 소리 지르고 박수도 좀 쳐주면 사례비를 주겠다는 거였다. 어차피 여기 온 거, 직찍(직접 찍은 사진의 줄임말) 현상비라도 벌 겸 승낙한 우리는 W가 그저 그런 섹시 콘셉트와 흔한 댄스곡을 들고 나온 것에 개의치 않고 무대 가까이 달려가 열광적으로 호응해주었다. 그러나 방송이 끝난 후 W의 매니저는 입을 싹 닦고 어디론가 사라져버렸다. 아니, 벼룩의 간을 빼 먹을 것이지 감히 현장 빠순이의 등을 쳐? 분노에 떨던 우리는 W가 뜨기만 하면 소속사의 만행을 널리 알리겠다고 다짐했지만, 웬일인지 그 후로 어느 방송에서도 W의 모습을 볼 수 없었다.

학년이 올라가고 친구들도 점점 바빠지면서 현장에는 점점 가지 않게 되었다.(결정적인 이유는 마지막으로 뛰었던 현장에서 사진을 찍다 임원에게 걸리는 바람에 동대문 한복판에서 내 손으로 필름을 빼 던지고 도망쳤던 기억 때문인지도 모른다.) "어떻게 사랑이 변하니"라고 하지만 나이가 들며 변해가는 오빠들은 예전만큼 강렬한 매력이 없었다. 나는 서글퍼하기보다는 오히려 안도했다. 그래, 이렇게 빠순이로서의 삶도 끝나가는구나. 이제 방에 포스터도 그만 붙이고, 음악방송 녹화에 목매지 말고, 남의 현장 후기 보며 침 흘리지 말고. 좀 사람답게 살아보자.

…라고 생각했던 건 나보다 일곱 살 어린 멤버가 맏형인 X그룹이 데뷔하기 전까지였다. 우연히 보게 된 뮤직비디오에서 눈을 떼지 못하고 서있던 나에게 엄마가 물었다. "뭔데 그렇게 좋아서 넋을 빼고 있어?" "엄마, 저렇게 생긴 동생 하나만 낳아줘."

그래서 나는 다시 빠순이가 되었다.(뭐가 '그래서'인지….) 돌아온 빠순계는 많이 진화해있었다. 현장을 뛰지 않아도 직캠이 무수히 올라왔고 녹화 때문에 모든 약속을 깨지 않아도 온라인에서 언제나 고화질 동영상을 구할 수 있었다.

"어떻게 사랑이 변하니"라고 하지만 한 아이돌 그룹에 대한 애정의 주기는 보통 2년 정도, 이제 X에 대한 사랑도 소강상태에 접어들었다. 하지만 나는 이제 더는 '내 인생에 빠순질은 여기까지'라는 다짐 따위 하지 않는다. "오빠가 없는 인생에는 목표도, 열정도 없다"는 말도 있지 않나. 처음 듣는다고? 물론 내가 한 말이다. 강친과의 실랑이나 노예 방청(〈도전 1000곡〉처럼 오빠들이 출연하는 예능 프로그램 방청객으로 들어가기 위해 의무적으로 다른 프로그램 세 개 정도를 방청해야 하는 경우) 등 수많은 위기와 굴욕의 순간들 역시 지금 돌이켜보면 잊지 못할 추억이다. 10년 차 빠순이로서, 그 긴장과 열정의 시간을 제공해준 오빠들에게 감사한다.

이것은 15년 전인 2006년, 기자로서 나의 첫 직장이던 《매거진 T》 신입 시절 쓴 글이다. (일부 디테일은 수정했다.) 당시 H.O.T. 데뷔 10주년을 기념하는 기획에서 처음으로 메인 기사를 담당하게 된 나는 뭐라도 써내야 한다는 엄청난 중압감에 짓눌린 나머지 온갖 흑역사를 구구절절 털어놓고 말았다. 오랜만에 글을 다시 읽으며 무척 놀랐다. 그동안 까맣게 잊어버린 사람도, 사건도 무척 많은 데다 팬덤 문화도 엄청나게 바뀌었음을 느꼈다. 아이돌의 여성 팬을 비하하는 표현이자 팬들 또한 자조적 뉘앙스로 사용하곤 했던 '빠순이'라는 단어는 이제 거의 아무도, 나 역시 쓰지 않는 말이지만 2000년대 초반의 이야기인 만큼 양해를 구한다.

나는 이 글을 시작으로 10년이 조금 넘는 시간 동안 대중문화 기자로 일했다. 기자가 아닐 때는 '오빠'였던 사람들을 기자가 되니 인터뷰이로 만날 수 있어서 즐거웠다. "오빠는 나이가 아니라 신분이다"라고 주장할 만큼 아이돌에 대한 애정이 컸던 나는 가능한 많은 아이돌을 만났고 매번 새로운 대상을 반쯤은 의무적으로, 그러나 늘 기꺼이 사랑했다. 그리고 10년에 걸쳐 천천히, 거기서 빠져나왔다.

"휴덕은 있어도 탈덕은 없다"라는, 아이돌 팬 사이에서 유명한 잠언이 있다. 15년 전의 나 역시 비슷한 생각을 했던 것 같다. "나는 이제 더는 '내 인생에 빠순질은 여기까지'라는 다짐 따위 하지 않는다." 그런데 아마도 나는 이제 더는 '빠순질'을 하지 않을 것 같다.

일본 작가 우사미 린이 2020년 발표한 소설 『최애, 타오르다』는 우에노 마사키라는 아이돌을 사랑하는 고등학생 아카리의 이야기다. 공부도 현실에서의 인간관계도 영 쉽지 않은 아카리에게 '최애'(가장 사랑함. 덕질에서는 대개 제일 좋아하는 스타나 캐릭터를 뜻한다)의 의미는 절대적이다. 어느 날 그가 팬인 여성을 때리는 바람에 논란이 일지만 아카리는 한결같이 그를 응원하며 다짐한다. "앞으로 평생 영원히, 내 최애는 우에노 마사키뿐이다. 그만이 나를 움직이고, 나를 불러주고, 나를 받아준다."[1] 시간이 흘러, 학교를 중퇴하고 가족 안에서 고립되고 아르바이트도 잘린 아카리 앞에 날아든 것은 최애의 은퇴 소식이다. 최애의 마지막 무대를 지켜보고 최애가 '그 사건'의 여자와 함께 산다고 알려진 집 근처까지 찾아간 아카리는 그 공간에서 느껴지는 생활감에 문득 깨닫는다. "최애는 인간이 됐다."

내가 사랑했던 그들도 결국 인간이 됐다. 무대 위, 화면 속에서 그토록 빛나던 그들이 어떤 의미로든 나와 같은 '사람'이라는 사실과 계속 마주하고, 내 사랑의 이유 대부분이 그에게서 온 게 아니라 내가 만들어낸 것임을 확인할수록 최애는 그냥 인간이 되었다. 최애거나 최애였던 '오빠'들의 음주운전, 성매수, 성폭력 사실이 밝혀질 때마다 내가 쏟았던 열정은 환멸로 돌아왔다. 너무 많은 엔딩이 사회면이었다. 인간이

---

1 42쪽, 『최애, 타오르다』 우사미 린, 이소담 옮김, 미디어창비(2021년)

다른 인간을 그토록 뜨겁게 사랑하기 위해서는 강렬한 판타지가 필요한데, 내 안의 판타지 생성소는 격하게 타오르다 재만 남은 용광로처럼 폐업하고 말았다. 이제 나는 누구의 팬도 아닌 한 명의 머글(J. K. 롤링의 소설 '해리 포터' 시리즈에서 마법 능력이 없는 보통의 인간을 칭하는 말. 특정 인물이나 분야의 팬이 아닌 사람을 의미하기도 한다)이 되었다.

물론 "인생은 예측불허, 그리하여 생은 그 의미를 갖는다"라는 『아르미안의 네 딸들』의 명대사대로, 인생에 '절대'라는 말이야말로 절대 쓰지 않는 게 현명한 태도일지 모른다는 불안이 뇌리를 스치기도 한다. 어쩌면 15년 뒤의 나는 또 이 글을 보며 투덜댈지도 모르니까.

야, 너는 왜 이렇게 쓸데없는 소리를 했어?

더 이상의 남자들

―

그의 계정에는 세 개의 트윗이 잇달아 올라와있었다. 시인
K가 외신을 통해 자신의 성추행 사실을 부인했다는 기사, 성
폭력 가해자로 지목된 배우 O의 친구가 O를 옹호하며 온라인
남초 커뮤니티에 올린 글, 그리고 그 글을 받아쓴 기사였다.
순식간에 아드레날린이 솟구치는 게 느껴졌다. 나는 그 남자,
배우 M의 팬이었다.

어떤 남자의 팬으로 사는 것은 오랫동안 너무 당연한 일이
었다. M이 이끌었던 정치운동단체의 회원으로 가입한 것도
과거의 내게는 자연스런 선택이었다. 나는 수많은 아이돌과
뮤지션, 배우, 스포츠 선수, 기자, 작가, 감독, PD, 정치인,

기타 등등 온갖 분야의 남자들을 따르며 삼십몇 년을 살았다. 단지 잘생긴 남자들에게만 빠져들었던 것은 아니다. 차라리 그랬다면 나았을지도 모른다. 지사(志士)형 남자들을 사랑한 것이 나의 불운이었다. 이른바 깨어있는 남자들, 의식 있는 남자들, 거대 권력에 저항하는 남자들, 그러면서도 웃긴 남자라면 더욱 좋았다. 그들을 존경하고 동경하고 숭배하고 응원하고 심지어 귀여워하는 것이 내 삶에서 엄청나게 많은 부분을 차지했다.

오래전, 정치인 A의 팬카페에 가입한 적이 있다. 그의 모든 인터뷰와 백문백답까지 열심히 읽었다. 매력적인 인물이라고 생각했다. 2018년, 도지사가 된 그 남자의 비서가 성폭행 피해 사실을 증언했다. 10년쯤 전, 정치인 J가 수감되던 날에는 추위를 뚫고 서울 반대편까지 배웅을 나갔다. 나는 그가 출연하던 팟캐스트의 팬이었다. 몇 년 후, 나처럼 그의 팬이었던 한 여성이 과거 J에게 성추행을 당했다고 폭로했다. 남은 남자들은 누가 있던가. 부당한 정권에 맞섰던 언론인 C는 청와대 행정관 T의 여성혐오적 과거 행적에 비판이 일자, 자신들의 투쟁에 대한 T의 기여를 강조했다. 취업준비생 시절 가슴 벅차게 읽은 '청춘 카운슬링' 책의 저자 K는 공공기관장 자리에 오르자 부하 직원을 성추행하고 사직을 강요했다. 사회적 약자에 대한 다큐멘터리를 제작해 칭송받은 PD의 이름이 왠지 낯익어 방송작가였던 친구에게 묻자 "나를 성희롱했던 사람이잖아"라는 대답이 돌아왔다.

"기꺼이 존경받아야 할 삶을 살았다." 시사만화가 P가 주례를 부탁하러 온 제자를 성추행하고 성희롱했다는 사실이 폭로되자 P를 아는 어떤 이가 그를 믿어달라고, 모욕하지 말아달라고 페이스북에 쓴 글을 읽다가 숨이 턱 막혔다.

언제부터인가 나는 누구도 기꺼이 존경하지 않기로 했다. 더는 어떤 남자의 팬도 되지 않기로 했다. 특히 사회적으로 널리 존경받는 남자에 대한 경계를 버리지 않기로 했다. 여성을 치어리더로 여기는 남성들, 자기반성 없는 남성들, 여성혐오적 언행을 지적받으면 발끈하고 비아냥대는 남성들은 그냥 버리기로 했다. 나 하나쯤 있든 없든 그들은 계속 인기인이고 유명인이겠지만 더는 상관없다. 너무 쉽게 그들을 사랑하고 존경해온 것으로 충분히 많은 실수를 했다.

이 글을 쓰다가, 유명 시인이자 대학교수인 H가 성희롱 발언 등으로 강의에서 배제되고 진상 조사를 받게 됐다는 기사를 읽었다. 불행 중 다행이랄지, 윤동주를 제외하면 시인을 사랑해본 적은 한 번도 없는 나조차 알 만큼 유명한 그의 시 구절이 멋대로 각색되어 가슴을 때려왔다.

슬프다.

내가 사랑한 남자마다

모두 폐허다.

49등

쓸모 있는 사람이 돼야 한다는 것은 가훈이 없는 우리 집에서 일종의 불문율이었다. 부모님은 나와 언니가 아들이 아니라는 사실에 한 번도 아쉬움을 드러낸 적 없었다. 우리와 오랫동안 함께 사셨던 조부모님도 마찬가지였다. 아빠가 1940년대에 태어난 사람이며 팔 남매의 장남이라는 사실을 돌이켜보면 조금 놀라운 일이다. 다만 여자도 열심히 공부해서 좋은 직업을 가져야 한다는 믿음만큼은 가족 모두 확고히 공유하고 있었다. 나만 빼고.

첫 번째로 입학한 대학교의 전공은 영어교육이었지만, 나는 영어에도 교육에도 관심이 없었다. 복학한 남학생들이 새

내기에게 학식을 사주며 오빠라고 부르길 강요하는 분위기가 싫어 과에서도 겉돌았다. 무엇보다 통학이 지겨워 견딜 수가 없었다. 버스를 두 번 갈아타야 하는 데다 정류장에서 사범대 건물까지는 가파른 오르막길이 길게 이어졌다. 어느 날 버스에서 내린 다음 그 언덕을 올려다보다가 학교에 가지 않았다. 다음 날도, 그다음 날도 가지 않았다.

한국에서 모범생으로 살아온 사람으로서 조금 호들갑 떨자면, 재수는 인간의 영혼을 파괴하는 과정이다.(삼수한 친구의 말로는, 삼수야말로 진정 회복이 불가능한 시련의 시간이라고 한다.) 다시 대입 원서를 넣을 때쯤 나는 너무 지쳐있었다. 마침 합격자 발표일에는 당시 내가 좋아하던 아이돌 밴드 Y의 특집 예능이 방송될 예정이었기 때문에 눈치작전을 펼 마음의 여유도 없었다. 꿈은 없고 그냥 놀고 싶었던 나는 부모님께 결정을 맡겼다. 안전하고 실용적인 선택이 최선이라 믿었던 두 분은 나를 언니가 다니고 있던 비서학과에 보내기로 했다. IMF 여파에도 취업률이 높기로 유명한 학과였다. 대충 다니다가 졸업만 하면 번듯한 직장이 기다릴 거라는 환상을 품고 나는 두 번째 대학에 입학했다.

여학생만 있는 캠퍼스는 훨씬 쾌적하고 편안했다. 집에서 한 번에 가는 버스도 있었다. 나는 종종 도서관 사 층의 한적

한 열람실 소파에 누워 낮잠을 잤다. 동아리 활동과 아이돌 덕질에 거의 모든 시간을 썼다. 문제는 이번에도 공부에 흥미를 느끼지 못했다는 점이다. 누구에게나 공부는 재미없겠지만, 나처럼 관심 없는 주제에 1분도 집중하지 못하는 사람에게 적성에 맞지 않는 전공은 재앙이었다. 영문서 기획 및 작성, 인터넷 전자상거래, 비즈니스 커뮤니케이션…. 이게 다 무슨 소리지? 수업을 조금도 이해할 수 없는 날이 이어질수록 나는 애꿎은 부모님을 원망하며 우울감에 빠졌다. 성적은 줄곧 바닥이었다. C+ 받은 수업을 재수강해서 C를 받은 적도 있다. 수업 시간에 최대한 눈에 띄지 않으려 애썼지만, 한 교수님은 기초적인 내용도 이해하지 못하는 나를 답답해하며 "너는 도대체 무슨 생각을 하는 거니?"라고 물었다. 나는 그냥, 모든 게 얼른 끝나면 좋겠다고 생각하는 중이었다.

어학연수를 다녀왔지만, 토익 점수는 여전히 엉망이었다. 3학년 겨울방학 때는 유행에 휩쓸려 공무원시험을 준비하다가 두 달도 안 돼 그만뒀다. 수많은 현장을 함께 뛰었던 유미 언니가 이번에도 나와 함께였는데, 1교시 수업만 듣고 빠져나와 당시 노량진에서 가장 괜찮은 커피숍이었던 카페 파스쿠치에 앉아 시간을 보내는 게 우리의 주된 일과였다. 4학년 1학기 때는 취업 대비 모의면접을 앞둔 대기실에서 도망쳤다. '귀사에 입사하고자 하는 이유'가 한 마디도 떠오르지 않았기 때문이었다. 면접을 위해 차려입은 정장 바지는 허벅지가 너무 끼어 답답했다. 집으로 돌아오는 버스 안에서 눈물이 쏟아졌다. 나는 이렇게 쓸모없는 사람이 되고 마는 걸까?

지독한 자기혐오, 부모님에 대한 원망, 세상에 내 자리가 없을 것 같다는 불안으로 긴 시간을 보내고 나서야 생각하기 시작했다. 내가 정말 비서직에 맞는 사람일까? 매일 아침 일찍 정장을 입고 출근할 수 있을까? 내가 잘하는 일은 무엇이고 도저히 할 수 없는 일은 무엇일까? 나는 뭘 할 때 재미를 느끼는 사람일까?

쓸모 있는 사람이 되어야 한다는 강박에서 벗어나자 나라는 사람이 보였다. 나는 엑셀과 회계학을 거의 이해하지 못했지만 글쓰기는 그만큼 어렵거나 싫지 않았다. C가 대부분인 성적표에서 아주 드물게 A를 받은 것은 작문 관련 과목이었다. 조용히 틀어박힐 공간이 필요해 찾아간 교지편집위원회에서는 붙임성 없는 나를 그대로 받아들여주는 사람들을 만났다. 과 친구는 한 명도 만들지 못했지만, 다른 과에 '덕질 메이트'들이 생기자 외롭지 않았다. 부모님이 쓸데없다고 여겼던 것들이 나의 세계를 만들었다.

결국 나는 4학년 여름방학 때 방송작가아카데미에 들어갔다. 시트콤 작가가 되고 싶어서였지만 정작 취업한 곳은 현대사 다큐멘터리 팀이었다. 물론 꿈과 현실의 거리는 멀어서, 비정규직 사회 초년생 여성으로서의 쓴맛을 다 본 뒤 일을 그만뒀다. 재취업을 하려니 어디에도 내밀 수 없는 성적과 토익 점수가 발목을 잡았다. 대책 없이 산 것을 뼈저리게 후회하다가, 창간 초기의 혼란을 틈타 한 대중문화 웹진의 기자가 되었다. 무턱대고 뛰어든 세계는 안정과 거리가 멀었다. 회사가 팔리고 월급이 밀리고, 또 회사가 팔리고 단체로 퇴사하고, 다시 회사를 만들어 처음부터 시작하고…. 롤러코스터 같은 나날이었지만, 누군가는 쓸모없다고 여길지 모르는 이야기를 재미있게 잘 쓰는 것이 내 꿈이었다.

얼마 전, 졸업증명서가 필요해 학교에 갔다가 문득 궁금해져 성적증명서를 뽑아보았다. 누계 석차 49/49. 처음에는 이 숫자가 무엇을 의미하는지 잘 이해가 안 됐다. 몇 초간 더 들여다보고 나서야 내가 우리 과 전체 49명 중 49등으로 졸업했음을 깨달았다. 아무리 생각해도 꼴찌를 할 만한 사람은 나밖에 없었으니 당연한 결과였다. 다만 꼴찌인 줄 모르고 살아왔다는 게 내게는 큰 행운이었다. 49명 중 49등이어도 세상에 내 자리 하나를 얻을 수 있다는 사실을, 그때의 나라면 믿지 못했을 테니까.

처음의 날들

—

처음 받은 월급은 백이십만 원이었다. 외주제작사가 아닌 본사제작 프로그램 팀으로 들어간 덕분에 방송작가아카데미 동기 중에서는 가장 많은 액수였다. 백만 원을 주는 곳도 드물었다. 운이 나빴던 한 동기는 '막내 작가' 인건비가 책정조차 되지 않은 곳에 들어가는 바람에, PD와 메인 작가의 월급에서 각각 삼십만 원씩 떼어 받는다고 했다. 좁은 사무실에서 매일 작가들이 밥을 해 먹는 제작사도 있었다. 비록 일주일에 한 번 이상 초고추장과 데친 브로콜리가 반찬으로 나오긴 했지만, 구내식당이 있는 곳에서 일하는 나는 운이 좋은 편에 속했다. 다큐멘터리는 비교적 관심 있던 분야였고 담당 PD는 우리 층에서 드물게 점잖은(농담을 가장해 성희롱하거나 노래방에서 블루스를 추자고 엉겨 붙지 않는) 사람이었다.

하지만 나는 그냥 일 못하는 막내였다. 우리 일의 기본은 방대한, 그러나 실마리가 매우 적은 자료를 수집하고 검토해서 증언할 사람을 섭외하는 것이었다. 육영수 여사 암살사건을 재조명하는 아이템을 맡은 옆자리 여진 언니는 1974년에 조선호텔 인근에서 일한 택시운전사를 찾아내라는 까다로운 지시를 받아 여기저기 전화를 돌리고 또 돌렸다. 같은 막내라도 경력이 있어 '프로'답게 끈질기고 차분한 여진 언니와 달리 나는 섭외가 무서웠고 거절당할 때마다 상처받았다. 잠깐의 침묵에도 어색함을 못 견디는데, 어떻게 전화로 낯선 사람을 설득해야 할지 알 수가 없었다. 전역한 군 장성, 전직 고위 공무원들의 명단과 연락처를 빼곡하게 뽑아놓고 노려보다가 전화 한 통 못 걸고 집에 가는 날이 이어졌다. 모처럼 인터뷰를 잡아놓은 민간인 학살사건의 피해자 유가족이 당일 아침 갑자기 일정을 취소한 적도 있었다. 촬영 팀이 이미 비행기에 올랐으니 제발 도와달라고 애걸했지만 노인은 그냥 전화를 끊었다. 그가 왜 그랬는지, 지금은 이해할 수 있다.

그 남자의 존재를 알게 된 것은 국가폭력 희생자들의 후일담을 준비하면서였다. 그는 열아홉 살 무렵 삼청교육대에 끌

려갔던 사람이었다. 드라마 〈모래시계〉만으로는, 종이 위의 글자들만으로는 모른다. 그곳에서의 폭력과 죽음, 짓밟힌 존재들은 그때 거기에 있었던 사람들의 생생한 기억 속에 그나마 원형 가깝게 남아서 지워지지 않을 고통 그 자체일 것이다. 군인들이 가족을 불러다 놓고 체육대회를 하던 날, 창밖을 내다보던 수용자들은 감시병의 눈에 띄어 실랑이를 벌였다. 그날 몇 명이 총에 맞아 죽었는지는 밝혀지지 않았다. 그들이 어디서 왔으며 그 뒤로 어떻게 됐는지도 잘 모른다.

그는 그런 기억들을 안고 삼청교육대에서 나왔다. 자신이 겪은 일을 세상에 알리고 싶어 했지만, 그의 삶은 복구되지 않았다. 결혼하고 아이를 낳고 가난하게 살면서, 그는 가끔 술에 취하면 삼청교육대 얘기를 한다고 했다. 울면서. 카메라 앞에서도 그는 울었다. 내가 본 것은 살아있을 때 그가 울던 자료 테이프 속의 모습이었다. 그 남자가 유일하게 충만한 미소를 짓던 순간은, 느지막이 얻은 딸이 주는 행복에 관해 말할 때였다.

그를 다시 찾았을 때 남자는 이미 죽은 후였다. 어린 딸을 교통사고로 잃고 삶의 의욕을 잃은 그는 1년이 지나서 역시 사고로 죽었다. 단칸방에는 그의 아내만이 남아있었다. 염색이 다 빠져 머리가 하얗게 세었던 그 여자는 딸애가 죽던 날

집을 나가기 전 사달라던 운동화를 사주지 못하고 보낸 것이 너무나 미안하다며 울었다. 좁은 방 한편에 새 운동화 한 켤레가 놓여있었다. 딸의 유골을 화장해서 뿌린 바닷가에 나가서 목 놓아 우는 모습까지 카메라에 담았다.

그 이야기는 방송되지 않았다. 말 그대로 '통편집'되었다. 애초에 우리가 하려던 이야기는 좀 달랐으므로. 아니, 어차피 그것은 '내' 이야기가 아니었으니까 나에겐 아무런 권리가 없었다. 하지만 방송이 끝난 뒤에도 그 여자와 통화하던 순간이 종종 생각났다. 이제 더 살고 싶지도 않고, 죽어서 남편과 딸을 만나러 가고 싶다는 그에게 나는 그런 말 하지 말라고 말하고 싶었다. 그러나 할 말이 없었다. 그에게 아무것도 해주지 못한 게 미안하고, 그가 앞으로 세상에 정 붙이고 살아갈 만한 이유를 하나도 찾지 못한 게 너무 미안해서 아무 말도 할 수 없었다. 나는 결국 방송에 나가지 못할 거라는 말조차 하지 못했다. 그리고 타인의 고통을 끄집어냈다 내팽개치고 잊어버리는 나 자신을 견딜 수가 없었다. 누군가의 고통을 파헤쳐 세상에 드러낼 때는 그 고통의 아주 작은 조각이라도 함께 나눠 질 각오가 있어야 한다는 것을 나는 알지 못했다.

그 후로도 1년가량 더 방송국에 붙어있었다. 방송되지 않아 단 몇 명만이 봤을 테이프 속 붉게 부은 얼굴이 떠오를 때마다 잊으려고 애썼다. 첫 번째 프로그램이 종영한 뒤 팀을 옮겼고, 새로 온 팀장이 막내들을 모두 자르는 바람에 붕 떴다가 경제 프로그램으로 옮겨졌다. 타인의 상처와 직접 마주하지 않아도 되는 곳이었다. 재테크에 성공한 연예인을 취재하거나 새로 단장한 백화점 푸드코트를 둘러본 뒤 식사를 대접받았다. 하지만 그 일에도 익숙해질 수 없었다. 더 나은 미래도 상상할 수 없었다. 가장 견딜 수 없는 건 성희롱이었다.

딸이 중학생이라는 고참 기자 S는 흡연실에 담배를 피우러 갈 때마다 나를 데려가 옆에 앉혔다. 그는 내가 다 알아들을 수는 없지만 불쾌하고 찜찜한 이야기를 떠벌리며 즐거워하곤 했다. 다른 팀의 막내들도 비슷한 처지였다. 옷차림을 지적하는 척하며 성희롱하는 PD, 단둘이 있을 때 부인과 섹스리스라 고민이라고 주절대는 PD, 좁은 편집실에서 일할 때 어깨나 허벅지를 주무르는 PD 때문에 분통을 터뜨리다가 우리는 다시 일하러 갔다. 누구에게 어떻게 말해야 할지 아무도 알려주지 않았다. 용기를 내어 문제를 제기하더라도 가해자는 잠시 다른 건물로 보내질 뿐, 머지않아 다시 돌아온다는 사실을 우리는 경험으로 알고 있었다. 어느 날 일기장에 "여자가 가장 얻기 어려운 직장은 성희롱 없는 직장이다"라고 적었다. 늦은 퇴근길에 이유 없이 눈물이 쏟아진 날이 몇 번 지나고, S가 자판기 앞에서 잡아끄는 손목을 뿌리치고 나서야 첫 직장을 그만뒀다. 그리고 다시는 돌아보지 않았다.

한 기사의 헤드라인에서 "성폭력 경력단절"이라는 표현을 보며 오랜만에 다시 그날들을 떠올렸다. 서울여성노동자회가 2016년 직장 내 성희롱 피해자 103명을 대상으로 한 설문조사에 따르면 응답자의 72퍼센트가 성희롱 피해를 본 뒤 퇴사했다. 2018년부터 2020년 7월까지 접수된 직장 내 성희롱 신규 상담사례 864건에서 직장 내 성희롱 가해자 열 명 중 여덟 명은 상사이거나 사장이었다. "생애주기상 첫 경력을 개발·관리하고 자기발전을 꾀하는 데 있어 가장 중요한 시기인 이삼십 대의 여성이 직장 내 성폭력 피해를 당한 뒤 퇴사하거나 해고되는 경우가 적지 않다. 그런데도 이들의 현황과 규모를 보여주는 국가의 통계는 물론, 지원 정책도 없는 실정이다."[1] 우리의 처음이 왜 그렇게 괴로운 기억으로 얼룩지다 흐지부지됐는지, 이제야 조금 선명한 원인이 보이는 것 같았다.

---

1 최윤아 기자 "피해자 72퍼센트가 직장 떠나는 '성폭력 경력단절'을 아시나요?" 《한겨레》 2021년 9월 9일

다음의 날들

—

대중문화 매체의 기자가 되면 좋겠다고 생각한 이유는 즐거운 이야기만 해도 될 것 같아서였다. 방송 일을 그만두고 나자, 더는 남이 말하기 싫어하는 얘기를 캐묻는 사람이 되고 싶지 않았다. 사회의 어두운 곳을 파헤치고 부조리와 맞서는 건 세상에 꼭 필요한 일이지만, 나는 그 일을 할 수 있는 사람이 아닌 것 같았다. 무엇보다 나는 연예인, 그리고 그들에 관한 얘기를 너무너무 좋아했다. 다행히 편집장은 내게 성적증명서도 토익 점수도 요구하지 않았다.

기자 일은 정말 재미있었다. 직원을 모두 합쳐도 일고여덟 명에 불과한 신생 매체, 섭외는 여전히 어려웠지만 공들여 인터뷰를 성사시키고 나면 밤을 새우면서도 기운이 솟았다. "안녕하세요"부터 시작해 매체 소개와 내 소개, 매니저를 설득할 멘트를 구구절절 종이에 적어 끈질기게 전화를 걸었다. 필요하다면 장문의 메일도 썼다. 매체 노출을 꺼리기로 이름났던 한 배우는 "나 같은 사람에게 이렇게까지 정성을 쏟다니 고맙다"라며 인터뷰를 수락해주기도 했다.

나는 이제 그저 일 못하는 막내가 아니었다. 시간 날 때마다 선배들을 따라다니며 일에 대한 태도와 방법을 배웠다. 아이돌을 앉히고 "너는 이름이 뭐야?"라고 묻는 '개저씨'들과 달리 좋은 기자가 되고 싶었다. 예능이나 드라마 줄거리를 그대로 요약하거나 열애설 같은 사생활을 파헤치는 연예 기자가 되고 싶지도 않았다. 나는 가십을 무척 좋아하면서도 가십을 쓰지 않는 기자라는 사실에 자부심을 느꼈고, 최대한 열심히 일했다. 드라마 기사를 쓰기 위해 대사를 하나하나 받아 적으며 분석했고, 인터뷰 전에 구할 수 있는 모든 자료를 읽거나 봤다. 공격적인 질문은 피했고, 문제가 될 만한 표현이 들어간 답변은 빼거나 다듬었다. 내가 만난 사람을 남들도 좋아하게 만들고 싶었고, 내가 쓴 글로 사람들을 웃기고 싶었다. 꽤 오랫동안, 그것으로 충분했다. 나는 내가 좋은 기자일 거라고 믿었다.

그것으로 충분하지 않았음을 깨달은 건 2015년 '옹달샘 팟 캐스트 여성혐오 논란'이 일어난 뒤다. 기자로 일한 지 10년 째 되던 해였다. 그동안 나는 무례한 남자의 내면을 감춰주고, 어떤 남자에게서든 매력을 착즙해 알리고, 남자만이 누릴 수 있는 '비윤리적이지만 웃긴' 캐릭터를 길티 플레저로 소개하는 데 익숙했다. 남자끼리 하는 리얼 버라이어티 예능의 서열에 관해 재미있게 썼고, 여성이었다면 지상파는커녕 케이블 방송에 얼굴조차 내밀 수 없을 과거를 지닌 남자 예능인의 '능력'에 관해 분석했다. "니 생일엔 명품백이고 내 생일엔 십자수냐!" 같은 구호가 기발하다고 느꼈고 남자들만의 청춘과 성장 서사에서 주변화, 도구화되는 여성의 존재를 대수롭지 않게 넘겼다. 웃자고 하는 일에 싫은 소리를 하고 싶지는 않았다. 심각한 얘기는 내 몫이 아니라고 생각했다. 그렇게 오랫동안 책임의 무게를 피하고 있었다. 그러나 언제까지 피할 수는 없었다.

빅뱅의 승리가 경영하던 클럽 '버닝썬'에서 일어난 대규모 성범죄가 드러난 뒤, 나는 그것을 공모해온 남성 카르텔과 그를 '승츠비'로 치켜세운 한국 예능 프로그램의 알탕 문화에 대한 칼럼을 썼다. 하지만 사실 나 역시 '승츠비'를 무척 재미있게 여긴 기자였다. 미니스커트를 입은 외국인 미녀들을 트로피처럼 늘어세우고 의기양양한 표정을 짓고 있는 남자가 얼마나 불쾌한 존재인지 깨닫지 못했다. 익숙함 속에서 굳어진 둔감함은 수많은 징후를 놓치게 했다. 그래서 "버닝썬 사태는 그동안 우리가 진지하게 받아들이지 않았거나 허구에 불과하다 여겼던 일들이 현실의 불의와 직접 맞닿아 있었음을 외면할 수 없게 만들었다"는 준엄한 문장을 적으며 피할 수 없는 부끄러움이 밀려왔다. 나는 정말 좋은 기자가 되고 싶었다. 스스로 그렇다고 믿은 적도 있었다. 하지만 진짜 '좋은' 기자라면 누구에게나 즐거운 이야기만 할 수는 없다는 걸 알기까지 너무 오랜 시간이 걸렸다.

이제 나는 기자가 아니고, 일단 '좋은 글'을 쓰는 사람인지 어떤지도 잘 모르겠다. 대중문화에 관해 이야기하며 여성혐오와 불평등, 성 역할 편견을 지적하는 게 너무 뻔하고 재미없어 보일까 두려울 때도 있고 실은 그냥 내 글이 너무 지루하고 얄팍해서 독자를 설득할 수 없을 거라는 자괴감에 빠질 때도 있다. 가끔은 과거에 쓴 내 기사를 모두 불태워버리고 싶고(인터넷이 사라지지 않는 한 소용없겠지만) 또 가끔은 자기검열이나 이런저런 걱정 없이 신나게 글을 쓰던 시절의 내가 부럽기도 하다. 하지만 지금 나는 그냥 이런 사람이 되었다. 웃기 전에, 좋아하기 전에 자꾸 브레이크가 걸린다. 어쩔 수 없는 일이다. 그래서 뻔한 얘기를 지루하게 늘어놓는 것 같은 내가 싫어질 때마다, 다음엔 좀 더 재밌게 잘 해봐야지 결심하고 또 실패하면서 계속 산다.

독서실 히어로는
누구인가

–

군산에 사는 한 공무원시험 준비생의 이번 달 독서실 사용 시간이 292시간을 돌파해 전국 1위에 올랐다는 소식을 알게 된 것은 2018년 6월 22일이었다. 그러면 도대체 몇 시에 독서실에 와서 몇 시에 집에 가는 거지? 수능을 치른 지 20년이 다 된 데다, 이제는 두 자릿수 덧셈 이상의 암산이 불가능한 머리로 생각하다가 얼른 포기했다.

회사를 그만둔 지 1년이 지난 뒤였다. 책을 한 권 내긴 했지만 앞으로 기나긴 일생 뭘 하고 살아야 할지 감도 못 잡고 허송세월하던 어느 날, 우연히 '민간 경력자 공무원 공개채용'이란 제도가 있다는 사실을 알게 되었다. 마침 내가 가장 관심 있는 부처에서! 심지어 기자 경력 10년 이상부터 우대하는! 행정사무관을 채용할 예정이었다. 아니, 이것은 나를 위한 자리인가?

대학교 3학년 겨울방학 때, 역시 뭘 해야 할지 몰라서 남들 하는 대로 노량진 공무원학원 종합반에 등록했다가 일주일도 못 가 주야장천 땡땡이만 쳤던 기억을 뒤로하고, 신림동에 가서 기출문제집부터 잔뜩 사 왔다. 그리고 집 근처 스터디카페에 등록했다. 전국에 지점이 있는 프랜차이즈 독서실인 그곳에서는 입구에 들어서자마자 보이는 모니터로 '어제의 longest', 즉 제일 오래 자리를 지킨 사람과 'last hero', 즉 문 닫고 나간 사람이 누구인지 발표했다. 가끔은 월 단위, 전국 단위로도 발표했는데 내가 군산 hero의 존재를 알게 된 것도 그 덕분이었다.

모니터가 주는 효과는 의외로 뚜렷했다. 독서실을 오가는 모든 사람이 경쟁자처럼 느껴지기 시작한 것이다.(물론 그렇다고 공부를 열심히 했다는 뜻은 아니다.) 등록할 때 별생각 없이 '퇴실 문자 받기'에 체크하고 남편의 전화번호를 적은 다음에야 알았다. 그것은 중고등학생이 '외출'에서 30분 이상 돌아오지 않으면 보호자에게 알리기 위해 만들어진 시스템이었다. 이럴 수가! 나 때는 독서실에 가서 가방만 던져놓고 나와 친구들과 컵라면 먹고 슬러시 먹고 자판기 커피 마시면서 몇 시간씩 수다를 떤 다음, 열람실에 돌아가 친구에게 빌린 잡지 《스크린》이나 《로드쇼》를 읽다가 공부에 찌든 얼굴로 귀가했는데. 기술의 발달이 이토록 냉혹한 것이라니! 그리고 다음 순간 안도했다. '입실 문자 받기'는 안 하길 잘했다고.

여학생 열람실 문을 열 때마다 보이는 누군가의 책상에는 "정신 차려!"라고 적힌 포스트잇이 붙어있었다. 그 옆에 붙은 포스트잇에 쓰인 '2018. 11. 15'가 무슨 의미인지는 나흘쯤 지난 다음에야 알았다. 그의 책상 밑에 쌓인 참고서에는 '사관학교'라는 제목이 박혀있었다. 독서실 사람들은 서로 눈을 마주치지 않고 마치 발이 공중에 떠있는 것처럼 소리 없이 드나들었다. 늘 나보다 먼저 자리에 앉아있던 포스트잇 학생과는 딱 한 마디를 나누었다. 화장실 유리문을 잡아줬더니 스윽 지나가며 들릴 듯 말 듯 말했다. "감사합니다." 독서실을 그만두고 나서 가끔 그를 떠올렸다. 그해 11월 15일에 원하는 결과를 얻으면 좋겠다고 생각했다.

독서실 공동공간에는 냉장고와 정수기, 둥굴레차와 현미 녹차 티백, 커피믹스, 레몬과 복숭아 등 과일 맛이 나는 시럽이 있었다. 언제나 끓고 있는 커피 메이커가 있어 공짜 커피도 마실 수 있었지만, 그 뜨거운 흑갈색 액체를 입에 머금을 때마다 '마르틴 베크' 시리즈나 '87분서' 시리즈에서 형사들의 단골 불평거리로 등장하는 경찰서의 맛없는 커피가 떠올랐다. 어느 더럽게 공부하기 싫었던 날, 나는 그 맛없는 커피를 마시며 거기 놓여있던 세 권의 책 중 유일하게 자기계발서가 아닌 소설 『창문 넘어 도망친 100세 노인』을 읽었다. 매일 독서실에 가기 전에 텔레그램, 카카오톡, 트위터를 삭제해 딴 짓을 차단하려 했지만, 그 결과 거의 들어가지도 않던 인스타그램을 활발히 하게 되었다. 퍼뜩 정신을 차리고 인스타그램까지 삭제하고 나니, 그보다 더 안 하던 페이스북에까지 들어가 파도타기 삼매경에 빠지는 바람에 또 삭제했다. 안 보던 웹툰까지 정주행하고, 혹시 나도 모르게 들어온 원고료가 있나 싶어 모든 계좌를 한 바퀴 다 돌며 초라한 잔고를 확인한 다음, 휴대폰 배터리가 20퍼센트 미만으로 떨어져야만 겨우 공부를 시작했다.

내가 준비한 시험은 PSAT이라 불리는데, 언어논리·상황판단·자료해석 세 과목으로 대략 수능의 국어·사회＋과학탐구·수학 영역과 비슷하다고 보면 된다. 당연히 내가 취약한 과목은 상황판단과 자료해석이라 인터넷 강의를 듣기로 했다. 스무 살 이후 수업이란 걸 집중해서 들어본 적이 없다

보니 정신이 하나도 없었다. 지루하기 짝이 없는 자료해석을 가르치는 인강 강사는 13분의 1이 7.7퍼센트라는 걸 알려주며 "너무 재밌지 않느냐"고 말했다.(뭐 인마?) 기출문제를 틀릴 때마다 지난 십수 년 동안 내가 해온 잘난 척이 무색해졌다. 인간은 자기에게서 조금이라도 먼 분야에 관해 얼마나 무지한 존재인가! 시차와 환율 계산도 못 하는 나는 진정한 어른이 아니구나!

이 글을 쓰다가 그때 인강을 들으며 메모한 노트를 다시 들춰 보았다. "'증가폭'은 감소한 것도 포함해 + - 모두 비교. '감소'는 -만을 대상으로 하고 절댓값 비교. 분수비교에서 자대모소는 항상 큰 수. 자소모대는 반대. 증가율 읽을 때 자증대상 모증대하." 이게 다 무슨 소리람? 수능을 보자마자 지수, 로그의 개념을 깡그리 잊어버렸던 것처럼 하나도 이해할 수 없는 말들이 가득했다. 그리고 노트 끄트머리에서 진실의 소리를 발견했다. "다 중요하대 ㅅㅂ. 개어려움."

비록 나는 'longest'도 'last hero'도 되지 못하고 점심을 먹은 다음 느지막이 독서실에 가서 저녁을 먹으러 귀가하는 불량 수험생이었지만, 그 여름을 보내며 조금은 알게 되었다. 합격을 목표로 공부한다는 것은 자신의 욕망을 돌아보지 않고 매일을 사는 일이다. 자고 일어나 배가 고픈지 고프지 않은지, 무엇을 먹고 싶은지 생각하는 시간은 촘촘히 짜둔 수험 계획을 어그러뜨린다. 눈을 뜨면 일단 준비된 무언가를 입에 넣고 나서, 다음 일과를 수행할 수 있는 컨디션으로 자신을 끌어올려야 한다. 무언가를 선택하기 위해 망설이는 것은 모두 시간 낭비다. 나는 매일 똑같은 바지에 몇 장의 티셔츠를 정해놓고 돌려 입었다. 병원 검진도, 미용실에 가는 것도, 친구와의 만남도 모두 시험을 기준으로 유예되었다. 다른 일로 경력을 쌓은 다음 잠시 수험생활을 하게 된 나조차 이렇게 괴로운데, 일단 사회에 첫발을 내딛기 위해 몇 년이나 시험을 준비하며 사는 청년들은 하루하루를 어떻게 버티고 있을지 생각할 때마다 가슴이 답답해졌다.

마지막으로 독서실에 간 날 모니터에는 인천의 한 고등학생이 7월 사용 시간 233시간 39분을 기록해 전국 1위에 올랐다는 소식이 떠있었다. 나는 사물함 속의 짐을 챙겨 집에 돌아왔고 며칠 뒤 치른 필기시험에 의외로 합격했다. 무사히 서류전형에도 통과했는데 최종 세 명이 본 면접에서 탈락했다. 그해 해당 부처에서는 합격자를 내지 않았다. 안정된 직장인을 향한 꿈은 날아갔지만, 나를 뽑지 않은 너희들의 손해라고 생각하며 계속 늦잠을 자기로 했다.

당신의 질문

—

1895년에 창립한 학교의 도서실 벽에는 교장 선생님 사진이 초대부터 차례대로 걸려있었다. 오스트레일리아에서 온 선교사들이 세 칸짜리 초가집에 교실을 연 것이 시작이라 했다. 맨 앞 여섯 개의 액자 속 주인공은 모두 외국인, 그중 다섯 명이 여성이었다. 그들은 어떻게 이 먼 나라까지 와서 말도 잘 통하지 않는 소녀들을 가르치게 되었을까. 삼일운동을 주도한 혐의로 몇몇 교사와 학생이 투옥되기도 했다는 얘기를 듣는 사이, 강연을 시작할 시간이 되었다.

어느 봄, 부산에 있는 한 여자 중학교의 K선생님에게 연락을 받았다. 한국 대중문화 속 여성혐오에 대한 책을 쓰고 나서 대학교 학생회나 동아리에서 몇 번 강연한 적은 있었지만, 십 대 여성들과 만날 기회는 처음이었다. 반년 뒤의 일정을 덜컥 정하고, 수차례 메일을 주고받았다. 사실, 받는 쪽은 주로 나였다. 인문학 동아리를 지도하고 계신 K선생님은 그동안 진행된 다른 강연의 주제와 요즘 학생들의 관심사, 내 책을 읽고 학생들이 발표한 글이나 질문들을 빠짐없이 정리해 보내주셨다.

"TV에 '아재'는 있는데 여자는 왜 '걸'밖에 없을까요?"

"데이트 폭력에 조금 더 문제의식을 느낄 수 있게 하는 방법이 있을까요?"

"여성이 나오는 예능을 재미없다고 느끼는 사람들은 다 남자일까요?"

"방송에서 남성들이 흔히 하는 행동을 여성이 하면 왜 욕을 먹을까요?"

"자신의 권리를 위해 용기 내어 싸우는 여성들은 왜 비판받을까요?"

하얀 도화지 위에 빼곡하게 써 붙인 포스트잇을 차례로 읽어나가던 중, 질문 하나가 가슴을 쿵 쳤다.

"이 책을 쓰면서 우울하거나 슬픈 마음에, 도중에 멈추고 싶다는 생각이 들지는 않았나요?"

책을 내고 나서, 한 중년 남성의 감상평을 전해 들은 적이 있다. 두 딸의 아버지이기도 한 그는 무척 잘 읽었다면서 "그런데 왠지 좀 화가 난 상태로 쓴 것 같다"라고 말했다 한다.

당연히 화가 나서 쓴 책이었다. 드라마 속 '데이트 폭력' 미화, 예능 프로그램의 여성 배제와 비하는 물론 학교 내 성폭력과 불법촬영, 여성혐오 범죄, 페미니스트 교사에 대한 인신공격, 그리고 이 모든 것에 대한 미디어의 방조까지 더해져 여성들이 더는 견딜 수 없다고 외치는 세상에 관해 이야기하며 화가 나지 않는 순간은 없었다. 글을 쓰는 내내 분노는 일상이자 동력이며 고통의 원천이었다. 하지만 그는 이해하지 못했다. 우리는 서로 다른 세상에 살고 있었고 그는 분노 너머를 보지 못했다.

슬픔을 읽어낸 것은 열다섯 살의 다른 여성이었다. 그 질문을 만난 것만으로도 부산행이 기다려졌다. 그리고 지금 여기에서의 페미니즘을 고민하는 학생들과 긴 대화를 마치고서야, 말하기보다는 더 많이 들었으면 좋았겠다는 생각을 뒤늦게 했다.

내가 젊은 여성일 거라고 성급히 예측했던 K선생님은 20년 경력의 중년 여성 교사였다. 페미니즘에 대한 학생들의 관심이 높아진 만큼 자신도 더 많이 배워야겠다는 생각이 든다고 하셨다. 강연에 참석한 몇몇 선생님과 함께 경상도식 추어탕을 먹고 오륜대 호수 길을 산책하는 시간은 낯설지만 평화로웠다. 두 번째 질문을 받은 것은 그때였다.

"이런 말씀을 드리면 어떻게 생각하실지 모르겠지만⋯." 내내 말수가 적던 초로의 남성 교사가 입을 열었을 때 나는 솔직히 조금 긴장했다. 하지만 그는 잠시 뜸을 들이더니 조심스레 물었다. "어느 곳에 가시더라도 우리 아이들처럼 수준 높은 질문을 하는 경우는 많지 않을 것 같습니다. 어떻습니까?" 자신이 가르치는 학생들에게 책임감만이 아니라 자부심을 느끼는 것이야말로 진짜 사랑이 있어야만 가능하다는 걸 그 순간 처음으로 알게 되었다. 그리고 집으로 돌아오는 내내 그 마음을 떠올렸다. 어떤 소녀들의 곁에 좋은 어른이 있다는 사실에 모처럼 안도하면서.

왜 여자는
자책하는가

—

    요즘 나의 웃음 버튼은 '광공 밈(meme)'이다. 남성 간의 사랑을 다룬, 그러나 현실과는 거의 무관하고 명백히 판타지라 할 수 있는 장르인 BL(Boy's Love) 콘텐츠에 자주 등장하는 광공 캐릭터는 '돈 많고 유능하지만 피, 눈물, 싸가지 없이 살다가 사랑 앞에 미쳐버리는 장신 미남'으로 거칠게 요약할 수 있다.

    어쩌다 보니 이성애 로맨스물보다 BL을 더 많이 읽어온 사람으로서 온라인에 떠도는 내용을 종합해보건대, '광공의 조건'은 수없이 많다. 광공은 펜트하우스나 거대한 저택에 살며 그 집의 인테리어는 모노톤으로 통일돼야 한다. 겨울에도 냉

수 샤워를 하는 광공의 욕실에는 샤워호스 없이 오로지 해바라기 수전만 설치돼야 하는데, 그럼 사타구니는 어떻게 씻느냐는 의문에는 누구도 답해준 바 없다. 광공은 매일 새벽 정해진 시간에 벌떡 일어나 운동하러 가서 탄탄한 근육질의 몸을 유지하며, 아무리 추워도 롱패딩 대신 코트(캐시미어 100퍼센트)만을 입는다. 광공의 냉장고에는 생수만이 가지런히 늘어서있는데 선호하는 브랜드는 에비앙이라는 것이 학계의 정설로, 음료는 커피(에스프레소와 아메리카노만을 의미, 라테나 프라푸치노는 안 된다), 술은 최고급 위스키(데이트 시 와인 가능) 정도만 입에 댈 수 있다. 무엇보다 광공에겐 떡볶이, 라면, 패스트푸드 등이 허용되지 않는다. 마카롱, 아이스크림, 씨앗호떡도 금지다. 마늘과 양파에 대한 금지 조항은 따로 없지만, 어쨌든 입에서 냄새가 나면 절대 안 된다. 흡연자라 해도 예외는 없다.

"그거 완전 「양반전」에 나오는 양반 매매증서 같은데?" 국문학 전공자인 친구가 말했다. "아무리 더워도 버선을 벗지 말아야 하며 밥을 먹을 때에도 의관을 정중히 쓰고 (…) 국물을 먼저 떠먹지 말아야 하며 물을 마실 때도 넘어가는 소리가 나지 않도록 하며 수저를 놀릴 때도 소리를 내어서는 안 되며 냄새가 나는 생파를 먹지 말아야 한다.(박지원 「양반전」

중)" 과연 양반을 돈 주고 사려던 상민이 내키지 않아 했을 만하다. 광공 역시 모든 걸 다 가진 것처럼 보이지만 사실상 그에게 일신의 편안함과 일상의 행복은 허락되지 않는다. 식욕, 수면욕 등 인간의 본능적 욕구가 거세되다시피 한 광공에게 허용되는 것은 상대를 향한 성욕뿐이다.

오랜 시간 BL의 역사 속에서 살아온 광공이 요즘 여성들 사이에서 이토록 '애정 어린' 놀림의 대상이 되는 현상은 재미있다. BL 속 남성 캐릭터는 여성 판타지의 총체이기에 현실 속 남성의 모습과 거리가 멀수록 타당성을 갖는데, 나는 여성들이 광공 밈을 즐기는 이유 중 하나가 남성의 외모나 행동에 '코르셋'을 씌운다는 상상의 권력에 쾌감을 느껴서가 아닐까 생각한다. 현실에선 불가능하기 때문이다.

그런데 광공 밈과 함께 내 머릿속에 떠오른 것은 온라인 커뮤니티에 종종 떠도는 '훈녀 생정(훈녀가 되기 위한 생활정보)'이다. 오전 6시쯤 일어나 스트레칭이나 요가를 하고 요거트와 샐러드를 먹으며 독서 또는 영어 공부를 하고 출근했다가, 퇴근 후 반신욕, 1일 1팩, 마사지 등을 빠뜨리지 않는 루틴을 읽는 것만으로도 지쳐버린 적이 있다. 특히 탄수화물을 거의 먹지 않는다는 게 가장 너무한 부분인데, '훈녀'이기 위해서는 항상 식욕을 절제해야 한다는 강박이 느껴져 서글프기까지 했다.

'훈녀 생정'이 광공 1단계 같은 삶이라면 배우 김희애가 연기한 드라마 〈부부의 세계〉 지선우 선생은 더하다. 의사이자 주부로서 쉬지 않고 일하는 그는 남편이 바람을 피워 마음이 지옥인 날에도 밝은 미소와 함께 출근한다. 와인과 네스프레소 버츄오 커피 외엔 뭘 제대로 먹는 걸 본 적이 없는데, 남편과 아들에겐 직접 갈비찜을 해주는 그의 주방엔 물때는커녕 물방울 하나 없다. 집에서조차 허리를 꽉 조이는 옷이나 흰 셔츠를 입는 지선우 선생이 너무 지쳐 보일 때마다 속으로 생각했다. '일단 킬힐부터 내다 버린 다음 늘어난 면 티셔츠로 갈아입고, 소파에 드러누워 피자라도 시켜 먹으면 행복지수가 좀 올라가지 않을까요?'

예전에 어떤 여성이 온라인 커뮤니티에 쓴 글을 본 적이 있다. "한국 여성들은 집단적으로 일종의 과기능(overfunction) 상태에 있다"라고 분석한 그는 연애와 결혼, 출산, 육아 과정에서 여성에게 끝없이 많은 역할과 책임이 요구되는 문제를 지적했다. 나는 그의 말에 동의하는 한편 많은 여성이 '혼자' 일 때조차 자신을 편안하게 두지 못하는 문제를 떠올렸다. 왜 우리는 맛있는 음식을 먹거나 휴식을 취할 때 자책하는 습관을 갖게 되었을까. 야식을 먹을 때마다 "맛있게 먹으면 0칼로

리"라는 말을 기도문처럼 읊으며 회개하는 것은 무엇 때문일까. 왜 여성들은 이상적인 몸과 완벽한 삶이라는 목표를 향해 자신을 몰아붙일까. 광공의 하드코어한 라이프 스타일이 농담일 수 있는 것은, 그게 극단적 판타지임을 모두 알고 있기 때문이다. 우리는 사람이고, 그러니까 좀 더 자신을 풀어줘도 괜찮다. 얼마 전 로절린 앤더슨이라는 노화 연구자가 했다는 말을 보았다. "제정신이 아닌 식이요법을 하지 않아도 삶은 매우 힘듭니다." 그러게 말이다.

마르지 않을 자유

—

 어느 날, 오전반 요가 수업을 진행하는 클레어 선생님이 물었다. "저는 요즘 살을 좀 빼야 할 것 같은데, 가을맞이 다이어트 할 분 계세요?" 다섯 명 중 네 명이 손을 들었다. "아니, 지은 님은 다이어트 안 하세요?" 클레어는 진심으로 의아하다는 표정이었다. 스튜디오 안에서 제일 배 나온 사람이 무슨 배짱인지 놀랐는지도, 혹은 그냥 다이어트에 관심 없다는 여자가 드물어 신기했는지도 모른다. '다이어트는 여자의 평생 숙제'라는 공감대가 얼마나 넓고 뿌리 깊은지 알기에 그런 질문이 딱히 불쾌하지는 않았다. "아… 하하, 이제는 너무 힘들어서요"라고 얼버무리고 나서야 깨달았다. 이제 날씬해지기는 글렀구나!

덜렁거리는 종아리 살을 잘라버리고 싶다고 생각한 건 열두 살 때부터였다. 서울로 이사 온 뒤 온갖 불량식품을 섭렵한 데다가, 밖에 나가 뛰어놀지 않게 되면서 한 해 사이에 10킬로그램쯤 살이 쪘다. 키가 크고 상체가 마른 편이라 옷을 입으면 감춰졌지만, 교복 치마 아래 '무다리'가 늘 스트레스였다. 고등학교 때 친구들은 나를 하체가 튼튼한 여성 운동선수에 빗대 '○○○ 다리'라고 놀리곤 했다. 같이 웃으면서도 예쁜 다리, 구체적으로 말하면 핑클의 성유리처럼 길고 날씬한 종아리와 허벅지가 너무 갖고 싶었다.

쉬는 시간에 매점 가서 꽈배기를 사 먹고 점심시간에 또 매점 가서 라면과 도넛을 사 먹고, 하교하면서 즉석떡볶이를 먹고 독서실에서 컵라면을 먹는 평범한 여고생의 일상 속에 체중은 점점 불어났다. 다른 애들처럼 교복치마 후크가 뜯어져 옷핀으로 아슬아슬하게 허리를 둘렀다. 그즈음 나는 진심으로 궁금했다. '날씬한 여자애들은 대체 무슨 고민이 있을까?' 한번은 마음먹고 다이어트를 하겠다며 엄마를 졸라 선식을 샀다. 커피 맛이 나는 가루를 물에 타서 밥 대신 먹는 제품이었는데, 금세 물리고 돌아서면 다시 배가 고팠다. 결국, 기운이 없어서 종일 잠만 자다 아빠에게 혼난 날 핑계 김에 다이어트를 접었다.

　다이어트가 너무 싫었지만, 다이어트를 하거나 당연히 다이어트를 해야 한다고 생각하며 이십 대를 보냈다. 어학연수를 갔다가 10킬로그램이 다시 늘어 돌아왔을 때는 울면서 러닝머신에 올랐다. 창밖으로 보이는 롯데리아 간판이 악마의 유혹 같았다. 발목부터 허벅지까지 하체의 어느 부위 하나 빠짐없이 굵은 부계유전이 원망스러웠다. 55 사이즈가 착 맞지 않는 몸은 늘 나를 주눅 들게 했다.

　삼십 대가 되니 돈으로 해결할 수 있는 문제도 있다는 걸 알게 되었다. 효과가 좋다는 주위 사람들의 후기에 귀가 팔랑대 '다이어트 한약'으로 유명한 압구정의 한의원에 찾아갔다. 약을 먹은 뒤로는 끼니를 걸러도 식욕이 생기지 않았고 몸 안에서 강력한 모터가 돌아가는 것처럼 열이 올랐다. 기분이 널뛰고 잠을 설쳤지만 상관없었다. 하루는 지하철역 계단을 오르다가 눈앞이 캄캄해졌다. 덥지도 않은 날씨인데 등에는 식은땀이 흥건했다. 심장이 터질 듯 빠르게 뛰고 손이 떨렸다. 하지만 기뻤다. 살이 빠지고 있다는 신호였기 때문이다. 어떤 성분의 약인지는 알고 싶지도 않았다. 나는 그냥, 날씬해지고 싶었다.

　약을 먹고 나서 체중은 몇 킬로그램이나 줄었다. 그러나 내 인생은 달라지지 않았다. 더 늦기 전에 연애란 걸 좀 해야겠다는 생각에 뛰어든 소개팅 시장에서는 썩 매력적이지 않은 남자들이 주로 나왔지만, 문제는 그런 남자들조차 대부분 나에게 관심을 보이지 않는다는 거였다. 무릇 소개팅이란 '만남 →남자의 애프터 신청→간 보기용 데이트→진지한 연애'로 이어져야 마땅한데(아님) 나는 왜 이 시장에서 팔리지 않는 거지? 역시 다리가 굵어서인가?(아님.)

자존감이 바닥을 치던 어느 날, 종아리근육 퇴축술을 받기로 했다. "왜 내가 다니던 학교들은 다 언덕 위에 있었을까?"라는 광고 문구로 나 같은 사람들을 낚, 아니 심금을 울린 다리 미용기구도 샀지만 드라마틱한 효과 같은 건 없었기 때문이다. '지방이'라는 귀여운 캐릭터를 만들어놓고 잔혹하게 내쫓거나 제거하는 광고로 유명한 클리닉에서 수술을 받았다. 부모님에겐 비밀이었기에 혼자 병원에 갔다가 전신마취에서 깬 다음 비몽사몽으로 택시를 타고 집에 돌아왔다. 모두 잠들어 깜깜한 현관부터 이부자리까지 엉금엉금 기어들어 누웠다. 다시 말하지만, 내 인생은 달라지지 않았다. 종아리 사진에는 비포, 애프터가 있어도 내 인생엔 여전히 '애프터'가 없거나 있으나 마나였다.

라미 작가의 책『나는 죽는 것보다 살찌는 게 더 무서웠다』는 자신이 겪은 8년간의 식이장애에 관한 이야기다. 역시 그냥 예뻐지고 싶었던 스무 살 때부터 '먹고 토하기' 등을 반복하던 그는 "자라면서 내 몸이 '나의 것'이라는 느낌을 받은 적이 거의 없었다"라고 회상한다. "잠재적 연애, 결혼 대상자"로서 "항상 남자들이 좋아할 만한 몸매를 유지해야 한다"라는 압박을 느꼈다는 대목에 깊이 공감했다. 남자들의 평가, 체중계의 숫자, 여성복의 사이즈, 미디어 속 여성들의 모습은 언제나 내가 너무 크고 살집이 있으며 보기 싫은 몸을 가졌다고 느끼게 했다. 내 BMI가 대체로 정상 범주였다는 사실은 중요하지 않았다. 여성의 외모에 관해 강박적인 잣대를 들이대는 사회에서, 있는 그대로의 내 몸을 긍정하라는 '보디 포지티브(body positive)'는 '있는 그대로의 나를 사랑하지 못하는 나'에 대한 자책으로 이어지기에 무력함을 넘어 유해할 수 있는 구호다.

이런 이야기를 조금 더 일찍 알았다면 내 인생은 달라졌을까? 꼭 그렇지는 않을 수도 있다. 인간이 어느 시기에 어떤 욕망에 휩싸이느냐는 머리로 안다고 해서 해결되는 것이 아니다. 내가 스스로의 몸에 관해 비교적 편안하게 느끼는 지금 상태에 이른 것 또한 혼자만의 의지로만 이루어지지는 않았다. 몇 년 전 나는 『보통 여자 보통 운동』이라는 책의 인터뷰이로 참여한 적이 있는데, 저자인 이민희 작가는 우리의 대화를 이렇게 정리했다.

나이를 먹으니 젊은 여자로서 성적으로 대상화될 일이 줄었다. 이어서 연애와 결혼을 거치면서 불특정 다수에게 예뻐 보여야 한다는 강박도 사라졌다. 먹는 습관도 변했다. 먹는 것을 덜 고민하자 오히려 폭식과 과식도 덜 하게 되었고, 이제는 운동과 체중을 연결해서 생각하지도 않는다. (…)

신체와 체중에 대한 인식을 바꾸는 데 특히 중요한 역할을 한 대상이 배우자라고 최지은이 솔직하게 말했을 때, 나는 동지를 얻은 것처럼 기뻤다. 사실은 좀 슬펐다. 나도 그랬다. 늘 여성의 해방과 주체적인 삶을 주장하고 있는데, 그 해방은 과연 무엇으로부터 획득한 것인가. 이성애자 기혼자 여성이 남성 다수를 신경 쓰지 않게 되기까지 아주 특별하고 강력한 한 명의 배우자 남성과 그로 인한 마음의 평화가 필요했다는 사실을 인정하기가 조금 힘이 든다.[1]

1 265쪽, 『보통 여자 보통 운동』 이민희, 산디(2018년)

실은, 지금도 그 사실을 인정하기가 힘들다. 그게 그렇게 중요하지 않은 척하고 싶을 때도 있다. 그러나 결혼을 비롯해 페미니즘 리부트, 탈코르셋 운동, 일을 통한 성취, 퇴사 후 늘어난 여가 등 사회적 변화와 개인의 상황이 맞아떨어진 덕분에 나는 간신히 내 몸과 사이좋게 지낼 수 있게 되었다. 심지어 노화조차도 하나의 계기다. 사십 대가 되면서는 더욱, 남들이 보는 내 외양에 대해 무심해졌다.(남들도 이 후줄근하고 구부정한 중년 여자에게 별 관심 없을 테니까.) 물론 어떤 날 어떤 자리에서만큼은 세련되고 지적인 모습의 '작가'처럼 보이고 싶어서 이런저런 노력을 해본다. 하지만 내 몸과 별도로 내 패션 감각에는 늘 좀 문제가 있기 때문에 어차피 실패할 것임을 안다.

클레어가 다이어트에 관해 질문하던 날, 내가 요가를 시작한 지 만 3년이 지났다는 사실을 알았다. 오로지 다이어트 때문에 운동을 해야 한다고 생각했을 땐, 운동이 곧 식이제한을 의미했기 때문에 운동 같은 건 쳐다보기도 싫었다. 러닝머신 위에서 헉헉대는 것도 지겨운데 탄수화물까지 못 먹으면 삶이 얼마나 피폐해지는지 모른다. 다이어트 한약을 먹었던 것도, 굶는 다이어트를 하면 실시간으로 성격이 나빠져 아무것도 할 수 없기 때문이었다. 그런데 지금은 그냥, 자다가 허리

아파서 깨는 게 싫고 코어가 튼튼한 할머니가 되고 싶어서 운동을 한다. 핑계만 생기면 빼먹을 궁리를 하면서도 나는 요가를 좋아한다. 굳어있던 근육을 풀고 안 쓰던 근육에 힘을 보내며 호흡과 내 몸의 움직임에 집중하는 시간은 고통스러우면서도 은근히 중독적이다. 게다가 요가를 마치고 돌아오면 뭐든 잔뜩 먹을 수 있다!

물론 그럼에도 가끔은 더 마른 몸을 갖고 싶다는 욕망에 사로잡힐 때가 있다. 탈코르셋 운동의 영향으로 머리카락을 짧게 자르고 화장을 하지 않게 됐지만 "날씬해지고 싶은 마음은 끝까지 남는다"라고 자책하는 여성들의 이야기를 들을 때마다 공감한다. 나 역시 아무것도 안 해도 5킬로그램쯤 빠진다면, 바지 허리에 끼어 답답하게 만드는 뱃살이 사라진다면, 슬랙스를 입었을 때 허벅지 부분의 핏이 멋지게 낙낙해진다면 당장 한… 백만 원쯤은 낼 용의가 있다.(이백만 원이라구요? 네고 가능?) 하지만 이제는 단지 날씬해지기 위해 스스로를 괴롭히거나 건강을 해치지 않겠다는 마음이 나를 지킨다. 며칠 전 동네 수선집에 육천 원을 내고 바지 두 벌의 허리를 늘렸더니 숨을 편히 쉴 수 있게 되었다. 삶에서 그보다 더 중요한 일이 있을까? 지금 내 몸은 나의 것이다. 이 자유를 알기 전으로 돌아가고 싶지 않다.

진리의 삶

—

1994년 3월 29일~2019년 10월 14일. 본명 최진리, 우리에게는 '설리'로 알려진 여성이 스물다섯 살의 나이로 세상을 떠났다. 2005년 아역배우로 연예 활동을 시작한 그는 2009년 아이돌 그룹 에프엑스(f(x)) 멤버로 데뷔하며 스타가 됐고 2015년 에프엑스를 탈퇴한 뒤에는 연기와 예능 활동을 병행해왔다. 십 대의 대부분과 이십 대 전부를 대중 앞에 서는 연예인으로 살았던 설리는 최근 몇 년간 여성으로서 적극적으로 자신의 목소리를 내고 세상과 부딪히기를 마다하지 않았다. 그러나 미디어 속 그의 연관 검색어는 언제나 '논란'이었다.

한국 사회에서 여성 연예인, 특히 아이돌에게 허락되는 인

간형은 정해져있다. 젊고 아름답고 재능 있되 죽도록 노력하
는 모습도 보여야 하며, 어떤 경우에도 상냥한 웃음을 잃지
않고 아무리 돈을 많이 벌어도 이웃집 소녀처럼 친근한 '호감
형'이어야 한다. 언제나 성애화 대상이 되지만 순결하고 무
해하고 수동적인 여성상에서 벗어나 스스로 욕망을 드러내면
비난받는다. 여성 연예인의 몸은 모든 순간 관음 혹은 평가의
대상이 된다.

　설리가 열일곱 살 미성년자였을 때 올라온 포토뉴스의 제
목은 "에프엑스 막내 설리의 수줍은 앞-뒤태!"였고, 그가 세
상을 떠나기 불과 한 달 전 기사의 제목 역시 "설리의 당당한
노출 속 옥에 티"였다. 그가 나이 차 많은 남성 뮤지션과 교제
하던 시기에 언론은 앞다퉈 성적 암시를 담은 제목의 기사를
내보냈다. 여성 연예인의 사생활이나 사소한 언행마다 '논란'
으로 만들며 "이를 바라보는 네티즌의 시선은 곱지 않다"라거
나 "이 같은 행보를 보이는 것에 대중은 안타까운 시선을 보
내고 있다"라고 짐짓 걱정하는 척하는 연예 기자들에게, 자
신을 숨기지 않고 드러내는 설리는 좋은 표적이었다. 2019년
5월 그는 함께 작품에 출연한 이성민과 함께 찍은 사진을 인
스타그램에 올리며 '성민 씨'라고 적었다. 이는 "설리, 스물
여섯 살 차 선배에 '성민 씨' 호칭 논란"이라는 기사로 만들어

졌다.

미디어의 논란 재생산은 SNS에서 직접적인 공격과 서로 꼬리를 물며 확대되었다. 2016년 설리가 브래지어를 하지 않고 겉옷을 입은 사진을 인스타그램에 올렸을 때 달린 만 개 넘는 댓글 대부분에는 규범에서 벗어난 여성을 호되게 후려쳐 '교정'하고야 말겠다는 의지가 담겨있었다. "비정상" "더럽다" "예의가 없다" "(이 사진이) 성추행이다" 등 역시 실체 없는 '우리 정서'라는 말 뒤에 숨은 악의가 화살처럼 쏟아졌다.

3년이 흐른 뒤 JTBC 〈악플의 밤〉에 출연한 설리는 "제가 처음에 노브라 사진을 올리고 너무 여러 말들이 많았어요. 그때 제가 무서워하고 숨어버릴 수도 있었지만 그러지 않은 이유는 노브라에 대한 사람들의 편견이 없어지면 좋겠다고 생각했기 때문이에요. 틀을 깨고 싶다는 생각도 있었고, '이거 생각보다 별거 아니야'란 말을 하고 싶었어요"라고 말했다. 자신을 향한 루머와 억측, 증오를 오랫동안 견뎌온 그는 "예전에는 사람을 피해서 골목으로만 다니기도 했어요"라고 털어놓을 때조차 웃는 얼굴이었다.

설리가 사망하기 5개월 전 인스타그램에 올린 인용문에는 "가시밭길이더라도 자주적 사고를 하는 이의 길을 가십시오. 비판과 논란에 맞서서 당신의 생각을 당당히 밝히십시오. 당신의 마음이 시키는 대로 하십시오. '별난 사람'이라고 낙인찍히는 것보다 순종이라는 오명에 무릎 꿇는 것을 더 두려워하십시오"라는 내용이 있다. 그는 가시밭길을 선택했고, '별난 사람'이라고 낙인찍히는 것을 감수했다. 그러나 용기 있는 사람이라 해서 고통과 고독을 느끼지 않는 것은 아니다. 설리가 세상을 떠나기 얼마 전 올린 인스타그램 사진에도 노브라에 관해 언급하는 성희롱 댓글이 달렸다. 그가 진행한 인스타그램 라이브 방송에 대해 언론은 '가슴 노출'에 집중했고 "노브라는 자유지만 노출까지 자유일까"라며 비난의 판을 깔기도 했다. 온라인 남초 커뮤니티에는 설리가 편안한 차림으로 누워서 진행한 방송의 아주 짧은 순간만을 편집해 "취한 듯한 설리… 아찔한 옷차림으로 살짝 노출하는 인스타 라이브"라는 제목을 단 게시물이 올라왔다. 그의 삶은 매 순간 왜곡됐고 모욕당했다. 그런데 과연 이것은 설리만이 겪어온 고통일까.

한국은 남성 방송인이 지상파에서 화장실을 가리켜 "몰래 봐야 하는 곳"이라 해도 넘어갈 수 있고, 노래 가사에서 여성을 '걸레'라 표현했던 남성 아이돌 역시 예능에서 승승장구할 수 있는 나라다. 하지만 여성 아이돌은 『82년생 김지영』만 읽어도 악플에 시달리고 '페미니스트 논란'이라는 기사의 타깃이 되는 사회다. 성폭력 피해자를 지지했던 수지를 겨냥해 청와대 국민청원 게시판에 '사형 청원'이 올라왔고, 교제했던 남성에 의한 폭력 피해자인 구하라에게도 모욕적인 댓글이 쏟아졌다.

한국은 여성을 모욕하고 비난하는 것이 집단 스포츠가 된 사회라는 사실을 인정하지 않으면 아무것도 변하지 않는다. 여성 연예인의 일거수일투족, 찰나의 표정까지 집요하게 추적하고 퍼 나르는 것으로 조회 수를 늘리는 언론의 윤리의식 부재와 여기에 무뎌진 채 즐기는 대중의 문제를 돌아보지 않으면 이런 일은 끝나지 않는다. 숨 쉬듯 여성혐오 댓글을 달 수 있고, '추천순' 같은 장치로 혐오 발언을 '1등' 자리에 놓을 수 있는 포털사이트 시스템을 그대로 두면 이런 상황은 바뀌지 않는다. 혐오표현 금지를 법으로 제정해 한 번의 거름망이라도 더 만들지 않으면 세상이 그냥 나아질 리 없다.

2016년, 설리에 관한 칼럼을 쓴 적이 있다. "설리는 자신이 페미니스트라고 말하지 않았다. 다만 욕망의 대상이 되는 여성을 높은 기준과 좁은 틀에 맞추고, 그로부터 벗어나면 거세게 공격해 밥줄을 끊어놓고 싶어 하는 사회적 억압이 부당하고 편협하며 반페미니즘적이라는 것만은 명백하다. 그리고 설리는 그것들에 개의치 않으면서, 혹은 '개의치 않는다'는 것을 보여주면서 예상치 못한 균열을 일으켰다." 한국 사회,

미디어, '대중'과 불화하는 이 여성이 자신을 지키면서 잘 살아갈 수 있기를 바라며 글을 마무리했다. "설리는 지금 자신의 인생을 태연하게 살아간다는 것만으로 한국이라는 세상에 맞서게 되었다. 어느 쪽이 지쳐 떨어지게 될지는 알 수 없다. 다만 더는 누구도 쉽게 끌어내려지지 않기를 바랄 뿐이다."

그러나 이제 그는 세상에 없다. 그가 살았을 25년의 시간이 어땠을지 감히 짐작할 수 없다. 하지만 이미 늦었음에도 계속 말해야 한다. 우리는 여성을 덜 미워해야 하고, 여성에게 더 관대해져야 한다. 여성을 쉽게 비난하도록 만드는 세상을 바로잡아야 한다. 여성을 인간으로 취급하지 않는 산업을 감시하고 비판해야 한다. 여성혐오를 조장하는 언론에 책임을 물어야 한다. 더는 어떤 여성도 함부로 끌어내려져선 안 된다. 고인의 명복을 빈다.

떠난 뒤에도

—

"야, 구하라 뉴스."

"이거 뭐니."

설리의 사망 소식을 내게 처음 전해주었던 친구의 메시지를 보자마자 알 수 있었다. 막연히 걱정했던, 하지만 아무것도 할 수 없었던, 그저 일어나지 않기만을 바랐던 일이었다. 한 번도 만난 적 없는 사람의 죽음에 일상이 멈춰버리는 경험에 대해 남자들은 얼마나 공감할까, 나는 가끔 궁금하다.

그는 나를 모르지만 나는 그를 안다고 생각했던 여성의 죽음, 혹은 사회면 기사 속 이니셜로만 마주했지만 내가 늘 두려워하는 고통을 겪었을 여성의 죽음이 갑자기 내 삶에 던져지는 순간, 적어도 그날 하루는 무너져버린다. 화를 내고 슬퍼하고 추모하며 우왕좌왕하는 사이 시간이 흐르면 독한 술을 수면제 삼아야 잠들 수 있다. 그 여성을 죽게 만든 자들과 이 세상을 미워하는 데 모든 에너지를 소진한 채로…. 그리고 다음 날이 되면 다시 그 세상에서 살아야 한다. 2019년 겨울은 내가, 우리 모두가 알고 있는 두 명의 이십 대 한국 여성이 세상을 떠나면서 시작되었다.

많은 배우와 함께 일해온 매니지먼트사 관계자를 취재한 적이 있다. 남성 배우보다 훨씬 악의적이고 집요한 댓글에 시달리고, 괜찮은 캐릭터를 만날 기회가 드물며, 그러다 조금만 나이를 먹으면 시장에서 밀려날 것을 두려워하는 젊은 여성 배우들이 처한 환경에 대해 그는 말했다. "아무리 멘털이 강한 배우라도 계속 이런 일을 겪다 보면 '아, 부질없다'라고 생각하게 되는 거예요. 어떤 작품에서 연기를 잘해도 여자에게 주어지는 캐릭터는 너무 한정적이잖아요. 여자니까 무조건 예뻐야 하고 남자친구한테 잘하는 역할에서 벗어나기 힘들죠. 그래서 캐릭터 인지도가 높고 시청률이 잘 나와도 허무하게 느껴요. '내가 무엇을 위해 열심히 해야 하지?' 싶고 동기부여가 안 되는 거죠." 당시 나는 그의 이야기가 연기는 물론 K-POP을 포함한 모든 장르의 여성 연예인에게 해당한다고 생각했다. 그런데 설리와 구하라의, '사회적 타살'이라 부를 수밖에 없는 죽음을 잇달아 보며 생각하게 되었다. 이것은 그냥 이십 대 한국 여성의 삶이 아닐까?

과연 지금 한국의 이십 대 여성은 살아야 할 동기, 더 잘 살고 싶다는 목표를 어디서 찾을 수 있을까. 대학은 여성혐오 발언이 난무하는 익명게시판과 동기화되다시피 한 공간이고, 남성과의 연애에는 상당히 높은 확률로 비동의 성적촬영물 유포나 '데이트 폭력'의 위험이 따른다. 시험 점수가 높거나 면접에서 1등을 해도 여자라는 이유로 취업에 실패하고, 어렵게 성공하더라도 직장 내 성폭력이라는 복병이 기다리며, 피해에 대응하려면 일단 조직을 떠날 각오를 해야 한다. 수만 명의 여성이 서울 한복판에 모여 불법촬영 근절을 촉구하는 집회를 열었음에도 가해자 처벌은 여전히 솜방망이 수준이라, 실형을 사는 비율은 7퍼센트에 불과하다. 사법부가 남자들의 창창한 미래와 가정을 지켜주는 사이 여성들은 아프거나 죽어간다.

한국여성정책연구원이 2019년 발간한 「온라인 성폭력 피해실태 및 피해자 보호방안」 연구보고서에 따르면 2,000명의 조사 대상 중 디지털 성폭력(촬영, 유포협박, 유포·재유포)

피해자는 324명, 이십 대는 38.6퍼센트로 가장 많았다. 이들 가운데 30~40퍼센트가 자살에 대해 생각하거나 계획했고, 일부는 자살을 시도하기도 했다. 게다가 이토록 수많은 위험과 불운을 피하며 성실히, '비교적' 무난하게 산 여자가 결국 '82년생 김지영'이 된다면, 도대체 희망은 어디에 있는 걸까. 페미니즘 리부트[1]를 온몸으로 통과하며 자신이 '여자'가 아닌 인간이기를 강렬히 갈망하게 된 이 세대에게 한국 사회는 제대로 응답한 적이 한 번이라도 있었나.

한참 전 이십 대를 지난 여성으로서, 그러니까 이제 '한국 사회'라는 두꺼운 벽 일부에 가까워진 기성세대로서 나는 종종 죄책감과 부끄러움, 책임감을 느낀다. '이십 대 남성'의 목소리를 그토록 열심히 분석하고 의미를 부여하는 언론과 정치권에서 '이십 대 여성'이라는 존재를 그만큼 깊게 탐구하지 않는 것을 보며 씁쓸해지기도 한다. 여성을 인간이 아닌 도구로 취급하는 우리 사회의 인식을 근본적으로 바꾸는 데 턱없이 부족한 시스템에 분노하다가 무력감을 느끼는 날도 많다.

하지만 다시, 두 명의 이십 대 여성을 생각한다. 구하라는

---

1 한국에서 2015년 이후 온라인을 중심으로, 그러나 온·오프라인을 자유롭게 넘나들며 펼쳐진 새로운 흐름의 여성운동을 설명하기 위해 문화연구자 손희정이 고안한 개념이다. 동명의 저서가 있다.

전 남자친구 최종범이 가한 폭행과 비동의 성적촬영물 유포 협박으로 인한 고통 속에서도 다른 피해자와 연대하기 위해 '정준영 단톡방' 사건의 진실 규명을 도왔다. 설리가 세상을 떠난 후 그의 이름으로 복지 사각지대에 놓인 청소년과 여성들에게 오억 원 상당의 월경용품이 기부되었다. 이들은 마지막까지 용기와 존엄을 잃지 않았고, 떠난 뒤에도 자신이 할 수 있는 일을 했다. 살아있고 나이 들어가는 여성으로서, 나 역시 오래오래 할 수 있는 일을 하겠다.

〈세바시〉 강연록:
우리가 여성 연예인을
더 쉽게 미워하는 이유

–

지금 가까운 곳에 종이와 펜이 있나요? 그러면 펜을 들고 선을 하나 그어보세요. 그리고 한쪽에 싫어하는 여자 연예인 세 명의 이름을 쓰세요. 누구를 썼는지, 왜 썼는지 검사하지 않을 테니까 그냥 솔직하게 쓰시면 됩니다. 다 쓰셨으면, 다른 한쪽에는 싫어하는 남자 연예인 세 명의 이름도 써보세요. 세 명이 너무 많으면 한두 명만 쓰셔도 됩니다. 다 쓰셨나요? 그러면 지금부터는 내가 이 사람을 싫어하는 이유를 짧게 적어보세요. 저를 설득하지 않으셔도 됩니다. 채점하지 않을 거예요. 그냥 평소에 내가 이 사람에 대해 가지고 있던 생각, 가장 먼저 떠오르는 이미지가 무엇인지 쓰시면 돼요. 종이가 없으면 휴대폰 메모장에 쓰셔도 되고, 그냥 머리에 떠올리셔도 괜찮습니다. 이제, 그만 쓰셔도 됩니다.

안녕하세요. 저는 대중문화 기자로 10년 정도 일했고 지금은 프리랜서로 여성과 대중문화에 관한 글을 쓰는 최지은입니다. 방금 여러분께 요청한 것은 제가 강연을 시작할 때 메모지를 나눠드리면서 드리는 말씀입니다. 답변을 적어주시면 그 자리에서 펼쳐 보고 함께 이야기를 나눕니다. 참석하신 분들의 연령, 직업, 그때그때의 이슈에 따라 좀 달라지기도 하는데요. 전반적으로 눈에 띄는 경향이 있습니다. 어떤 남성 연예인이 싫다고 할 때 그 이유는 대부분 불법촬영, 성범죄, 음주운전, 심한 여성혐오 발언 등입니다. 예를 들어 '버닝썬 사태' 같은 심각한 이슈가 알려진 다음에는 그 관련자들의 이름이 주로 나와요. 반면 여성 연예인은 훨씬 여러 명의 이름이 언급되는데, 그들이 싫은 이유는 이런 것들입니다. 가식적이다. 관종이다. 기가 세 보인다. 그리고 '그냥 싫다'.

그러니까 이런 얘기죠. 어떤 남성이 싫은 건 '범죄' 때문이지만. 어떤 여성이 싫은 건 나의 '기분'과 관련된 경우가 많다는 겁니다. 오랫동안 대중문화에 관한 글을 써온 여성으로서 저의 고민이자 질문도 여기에 있습니다. "우리는 왜 이렇게 여성 연예인을 쉽게 미워할까?" 혹은 "우리는 왜 남자와 여자를 다른 기준으로 판단할까?" 그리고, 어떻게 하면 여성을 덜 미워할 수 있을까?

얼마 전에 "여성 예능 전성시대"라는 제목의 기사를 봤습니다. 감개무량하다는 기분이 들더라고요. 제가 2015년에 "여자 없는 예능"이라는 기사를 쓴 적이 있거든요. 기억하는 분들도 계시겠지만, 그때는 거의 모든 예능 프로그램이 남성 위주였고, 남아있던 소수의 여성 출연자들도 하차하는 추세였습니다. 이런 문제를 지적하면 어떤 분들은 "여자들은 원래 남자보다 재미가 없다"고 하시더라고요. 그래서 제가 제작진들에게 물어봤어요. "왜 예능에서 여성을 보기가 어려운가요?" 어떤 PD님께서 말씀하셨어요. "시청자들이 여자와 남자에게 허용하는 범위가 다르다." 뭘 해도 여자는 남자보다 훨씬 더 욕을 많이 먹는데, 그런 반응 때문에 당사자들이 위축되다 보니 재미가 없어지고, 제작진도 점점 여성을 캐스팅하지 않게 된다는 거죠.

생각해볼까요? 이른바 '몸 개그'를 잘하는 사람이 있을 때, 남성이 하면 "몸을 던져서 제대로 한다"고 칭찬하는데, 여성이 하면 "보기 흉하다" "여자가 왜 저래?"라고 합니다. 요즘 인기 있는 예능 프로그램에 출연하는 여성이 눈에 띄게 활약하니까 "왜 저렇게 나대냐"고 하는 분들이 많더라고요. 그런데 왜 '나댄다' '되바라지다'라는 말은 주로 여성에게만 쓸까요? 예능을 많이 보시는 분들은 아시겠지만, 예능은 기세입니다. 자신감이 붙은 사람은 별거 아닌 말 한마디를 해도 빵빵 터뜨립니다. 지난 1~2년 사이 눈에 띄게 인기를 얻은 여성 예능인을 보면 대부분 신인이 아닙니다. 그 전까지는 좋은 기회를 얻지 못했는데 기회가 오고 칭찬을 받으니까 점점 더 잘하게 된 거죠. 그런데, 그 전까지 이들에게 그런 기회가 얼마나 있었을까요?

다시 5년 전 취재 얘기로 돌아가 보겠습니다. 그때 어떤 예능 작가님께서 "여성 시청자들은 남자를 선호한다. 남성 시청자들은 예쁜 여자가 아니면 무관심하고, 나이 든 여자나 똑똑한 여자는 싫어한다"는 말씀을 해주셨어요. 또 다른 작가님은 이런 얘기도 해주셨어요. 여성들이 중심인 토크쇼를 만든다고 하니까 유명한 남자 MC들도 "여자끼리 하는 토크쇼를 누가 봐?"라면서 거절했다는 겁니다. 그런데 재미있는 건, 그 이후로 지금까지 한국 방송에서 여성들이 다시 활약하는 데 가장 큰 영향을 끼친 두 사람은 바로 그 '나이 들고 똑똑한 여자'인 송은이, 김숙 씨라는 사실입니다. 물론 지금도 출연자 성비를 따져보면 여전히 남성이 훨씬 많지만, 5년 전에 비하면 분위기는 크게 달라졌죠. 여자끼리 하는 예능 프로그램도 늘었고 반응도 좋습니다. 송은이, 김숙 씨에게 정말 감사드려요.

하지만 아직도 더 많은 변화가 필요합니다. 제작진과 방송사에게 요구해야 하는 변화도 있지만, 시청자인 우리의 변화도 필요해요. 제가 1980년생인데, 제 또래인 여성 연예인이 이런 말을 한 적이 있어요. "나는 욕먹지 않으려고 20년을 산 것 같아." 이분은 신인 때부터 스타였고 큰 잘못을 저지른 적도 없고 지금도 인기가 많습니다. 하지만 저는 왜 그분이 그렇게 말했는지 이해가 돼요. 연예인이 원래 사람들의 입에 오르내리는 직업이니까 어쩔 수 없다고 하기엔 여성 연예인을 향한 잣대가 유독 가혹한 게 사실이거든요. 여성 연예인의 외모를 나노 단위로 평가하고 성적인 대상으로만 취급하는 기사를 많이 보셨을 거예요. 예능에서 남자끼리 티격태격하면 '톰과 제리 콤비의 브로맨스'라고 하는데, 여자끼리는 눈만 마주쳐도 '기싸움'이라고 하는 거 보신 적 없나요? 왜 여자는 잠시만 웃지 않아도 '표정 논란'의 주인공이 되고, 아무 때나 애교를 보여주지 않으면 '초심을 잃었다'는 말을 들을까요? 남성이 살림에 서툴고 도박을 해서 물의를 일으키고 빚을 졌던 건 재미있는 예능 소재가 되지만, 여성은 살림에 서툰 모습만 보여도 비호감으로 낙인찍힙니다. 그리고 언론은 여성을 비난하는 기사를 경쟁적으로 쏟아내며 조회 수를 올립니다. 우리가 그런 프레임에 익숙해져서 동조하고 여성에 대한 비난 여론을 확산시킬 때 웃는 건 누구일까요?

사실은 가끔 저도 여성을 더 부정적으로 평가하는 습관에서 벗어나지 못한다고 느낄 때가 있습니다. 그래서 몇 가지 질문을 만들어봤어요.

– 여자 연예인을 보면 성형이나 노화 얘기부터 꺼내고 싶지 않은가? '졸업사진이랑 너무 다르다' 이런 얘기 말이죠.

– 영화나 드라마를 보고 제일 먼저 하고 싶은 얘기가 여성 배우의 '발연기'인가? 그 작품의 여러 가지 단점 중에, 그게 그렇게까지 절대적인 문제일까요?

– 여자 연예인을 보면 그 사람이 옛날에 잘못한 일을 꼭 언급해야 직성이 풀리나? 10년 전에 실수한 일, 그때 누구랑 싸

운 것 같았다거나, 쉬운 퀴즈를 잘 못 맞혔다거나.

 – 그리고, 남들이 칭찬하는 것만 봐도 짜증나고, 모두 싫어하면 좋겠다고 생각하는 여자 연예인이 있나?

 – 내가 지금 저 여자 연예인을 평가하는 잣대를 다른 남자 연예인에게도 적용하고 있는가?

물론 이것은 여성에게 무조건적 호의만을 보이라는 얘기가 아니에요. 잘못에 대해 비판하지 말라고 하는 것도 아닙니다. 다만 제가 좋아하는 여성 싱어송라이터 시와 님이 이런 말씀을 하신 적이 있어요.

"음악가들 중 많은 남자는 있는 그대로의 자신을 드러내는 데에 두려움이 적고, 또한 음악가들 중 많은 여자는 자신을 그대로 드러내기 어려워하고 있습니다. 제가 그랬듯이, 수없이 많은 기준으로 자신을 검열하며 음악가로서 제자리를 찾으려 하고 있습니다. 참 어려운 길이에요. 자기도 모르게 내면화된 세상의 요구에 맞서는 일이니까요. 그래서 저는 이제 여성이 만든 음악에 좀 더 호의적이 되었습니다. 모든 여성 음악가를 응원하게 되었습니다. 세상의 편견과 억압에 맞서려면 존재하는 것만으로도 응원을 받는 절대적인 지지가 필요합니다."[1]

시와 님은 '음악가'에 대해 말씀하셨고, 저는 오늘 '연예인'을 중심으로 이야기했지만, 사실 이것은 우리가 여성을 보는 눈에 대한 것이기도 합니다. 우리 사회에서는 여성의 외모, 표정, 말투, 행동, 취향에 관해 아주 세세한 기준으로 평가하고 조금만 틀에서 벗어나면 비난합니다. 그런 경험을 하지 않은 여성은 아마 없을 거예요. 그렇기 때문에 미디어에 비치고 대중 앞에 서는 여성 연예인은 우리 사회에서 가장 쉽게 평가받고, 그만큼 크게 비난받는 존재죠. 하지만 우리가 미디어에서 완벽하지 않은, 다양한 여성의 모습을 계속 볼 수 있다면 여성에 대한 엄격한 기준들이 점점 흐려지고 우리 사회도 여성 개개인을 하나의 인간으로 받아들일 수 있겠죠. 『진짜 페미니스트는 없다』라는 책을 쓰신 이라영 작가님께서 이런 얘기를 하셨어요. "'여성'에 대해 떠오르는 '인간 유형'이 다양하고 많아질 때 여성 개개인은 '같은 여자'로 묶일 두려움에서 해방될 수 있다."[2]

---

1 '내 마음속 여성혐오(misogyny)', 시와 블로그, 2017년 8월 7일(https://blog.naver.com/withsiwa/221068484010)
2 35쪽, 『진짜 페미니스트는 없다』 이라영, 동녘(2018년)

그래서 저는 우리가 이런저런 여성의 존재를 '그러려니' 하는 마음으로 받아들일 수 있어야 한다고 생각합니다. 송은이 씨가 사람들의 비난 때문에 자존감이 떨어질 때마다 떠올린다는 양희은 씨의 두 마디 "음, 그럴 수 있어~" "걔들은 그러라 그래~"가 있잖아요. 이건 자신의 마음을 편안하게 해주는 동시에 타인에게 좀 더 관대해지는 주문이란 생각도 듭니다. 어떤 여성이 썩 내 마음에 들지 않아도 '그럴 수 있어' '그러라 그래~'라고 생각하는 거죠.

그러니까 지금부터는 여성에게 '좀 더' 호의적이 되는 연습을 함께 해보시면 어떨까 합니다. 예를 들면,

— 여성이 어떤 사건에 휘말렸을 때 너무 빨리 비난을 쏟아내지 말고 잠시 기다려보면 좋겠어요. 특히 사생활과 관련된 문제라면 내가 알 수 없는 사정이 있을 수도 있습니다. 언론의 선정적인 보도가 가슴 아픈 결과로 이어지는 걸 여러 번 보셨을 거예요.
— 잘못한 일이 있을 때는 그 잘못에 대해서만 비판하면 좋겠습니다. 외모를 깎아내리거나 그 잘못과 무관한 행동을 비난하는 것은 나의 부정적 감정을 해소하기 위한 인신공격일

뿐이에요. 그리고 누군가 그런 말을 하고 있다면 '그건 지나치다'라고 말해보면 좋겠어요. 반박이 어렵다면 화제를 다른 방향으로 돌려보는 방법도 있습니다.

– 무엇보다, 나에게 익숙하지 않고 낯선 여성이 나타났을 때 부정적으로 받아들이지 않으면 좋겠습니다. 시끄럽고 거칠고 눈치 없고 미숙한 여성의 모습이 거슬린다면, 그동안 그런 남성들이 미디어에 얼마나 많이 등장했고 그런 모습을 통해 인기를 얻었는지 생각해보는 방법도 있죠. 여성에게는 실수하고 실패하고 성장할 기회가 더 많이 주어져야 하고, 부족하더라도 있는 그대로 받아들여질 수 있어야 합니다.

사실 이런 것들은 일종의 훈련입니다. 여성혐오가 깊게 뿌리내린 사회에서 여성을 미워하지 않기 위해서는 부단한 노력이 필요합니다. 미워하는 것도 일종의 습관이고 이유 없이 타인을 옭아매는 기준은 나도 피로하게 합니다. 그러니까 무의식중에 학습된 미움에서 벗어난다면 우리의 마음도 전보다 훨씬 편안하고 자유로워질 수 있다고 생각합니다. 있는 그대로, 평등한 눈으로 여성을 바라보며 만들 수 있는 변화에 여러분도 함께해주시면 좋겠습니다.

02

어른 여자들에게

K선생님을 만난 것은 인터뷰 때문이었다. 나는 삼십 대 초반의 기자였고 어학연수 1년을 제외하면 부모님 집을 떠나 산 적이 없었다. 일은 재미있었지만 세상 사람 대부분은 우리 매체의 이름조차 몰랐고, 나는 인생이 언제까지 이대로 흘러 갈지 알 수 없어서 불안했다. 나도 모르는 사이 이십 대가 끝나버렸는데 어른이 된 것 같지는 않고, 몇 안 되는 친구와 동료를 제외하면 교류하는 사람도 없었다. 무엇보다 연애를 제대로 해본 적 없다는 게 심각한 콤플렉스였다.

나보다 여섯 살 정도가 많고, 결혼해 아이들이 있는 K선생님은 달랐다. 이미 몇 편의 작품으로 대중에게 이름을 알린 그는 친절하고 여유로운 프로페셔널이었다. 분명 인터뷰를 하기로 해놓고 어느새 인생 상담으로 빠져버렸지만, K선생님을 만난 게 얼마나 기뻤는지 그날 우리가 갔던 카페의 창가에 비치던 햇살이 아직도 생생하다. K선생님은 바로 내가 만나고 싶었던 '여자 어른'이었다. 그래서 내가 그에게 했던 두 번째로 부끄러운 질문은 이것이었다. "선생님, 저는 왜 연애를 못 할까요?" K선생님의 대답은 기억나지 않는다. 저 말을 하면서 거의 눈물을 쏟을 뻔한 내 목소리가 떨리고 있었다는 것 말고는.

나는 K선생님을 숭배했다. 그러나 그때는 숭배라고 생각하지 못했다. 나는 그와 문자를 주고받고 그의 강연을 듣고 그의 취향을 배우려 애쓰며 우리가 새로운 친구가 됐다고 생각했다. K선생님의 멋진 집에 초대받았을 때는 더욱 그렇게 믿었다. 가정을 이루고 자기 공간을 갖고 일에서 성공한 어른 여자라니! 아직도 언니와 방을 함께 쓰고 평생 누구에게도 사랑받지 못할 수도 있다는 두려움에 빠져있던 내게 그것은 거의 완벽한 삶이었다. 그리고 완벽한 날이었다. 이 동네가 살기 좋으니 나중에 집을 구하게 되면 이사 오라는 K선생님에게 내가 첫 번째로 부끄러운 질문("여긴 전세가 얼마 정도 하나요?")을 던지기 전까지는 그랬다. 이상하게도, 어떤 말은 입 밖에 내놓은 다음에야 꺼내지 말았어야 한다는 걸 깨닫게 된다. K선생님은 당황한 듯 잠시 말을 멈췄고, 나는 그제야 무례한 질문을 던졌다는 걸 알게 되었다. 그 나이가 되도록 집값이 대단히 민감하고 사적인 주제라는 사실을 몰랐다는 것이 내가 가진 많은 문제 중 하나였다.

다행히 K선생님은 나에게 어떤 언짢은 내색도 하지 않았다. 우리의 관계는 여러 해에 걸쳐 이어졌다. 나는 K선생님과 이런저런 대화를 했고, 지금은 자세히 기억나지 않아 그나마 다행인가 싶을 만큼 부끄러운 연애 고민도 털어놓았다. 그리고 몇 년이 더 흐르며 우리는 아주 서서히 멀어져 아무런 연락을 주고받지 않게 되었다.

영화 〈해리가 샐리를 만났을 때〉의 각본가이자 〈시애틀의 잠 못 이루는 밤〉 〈줄리&줄리아〉 등을 직접 쓰고 연출한 노라 에프런의 에세이에는 릴리언 헬먼이라는 여성과의 기묘한 우정 이야기가 등장한다. 헬먼은 1965년 수전 손택이 쓴 일기에도 일종의 '워너비'로 등장하는데, "《파리 리뷰》의 릴리언 헬먼만큼 명료하고 + 권위적이고 + 직접적인 말투를 갖출 수 있을 때까지 인터뷰는 일절 하지 않을 것"[1]이라 할 만큼 재능이 뛰어난 작가였다. 잡지사 에디터였던 에프런은 헬먼의

---

1 17쪽, 『수전 손택의 말』 수전 손택·조너선 콧, 김선형 옮김, 마음산책(2020년)

회고록 출간 때문에 그를 처음 만나고, 그의 이야기에 매료된다. 당시 에프런은 서른셋, 헬먼은 예순여덟 살이었지만 둘은 빠르게 친해진다. 에프런에 따르면 그는 헬먼의 친구라기보다 그의 삶 속 젊은이들 중 한 명이 된 것이다. 둘은 편지를 주고받았고 서로 집에 초대했으며, 헬먼은 에프런에게 무척 신나고 이상한(다소 진위가 의심스러운) 이야기를 들려준다. 이것이 로맨틱 코미디 영화라면 둘의 우정은 아름답게 마무리됐을지도 모른다. 하지만 현실은 늘 그렇지 못하다.

헬먼과의 우정은 곧 감정노동이 된다. 늘 관심과 칭찬에 목말라 하는 헬먼을 위해 에프런은 점점 더 많은 경애의 표현, 그것도 남자들이 건네는 찬사를 찾아내거나 지어내다가 지쳐버린다. 그리고 헬먼이 자신의 이혼에 부정적 반응을 보이고, 다른 사람의 이야기를 훔쳐 글을 썼다는 사실을 알게 되면서 그와의 우정을 더 이상 지속시킬 수 없다고 생각한다. 그는 이제 존경할 수 없는 사람이 됐고, 그러니까 우정을 지속할 수 없다고.

이 글을 읽으며 K선생님을 떠올렸을 때 나는 세 번째로 부끄러워졌다. K선생님의 호의에 내가 기대는 셈이었던 우리의 관계는 애초에 그렇게까지 가깝지 않았고 그래서 아무런 충돌도 없이 자연스럽게 멀어졌지만, 나는 오랫동안 K선생님을 생각할 때마다 죄책감이 들었다. 우리가 세상을 보는 방식이 서로 상당히 다르다는 사실을 깨닫고, 그의 말에 조금씩 동의하지 않게 되면서는 더욱 그랬다. 누군가를 더 이상 숭배하지 않는 것은 내가 성장한 느낌이기도, 배신자가 된 기분이기도 했다.

나는 이제 처음 만났던 때의 K선생님과 비슷한 나이가 되었다. 결혼해서 부모님 집을 떠났고 그리 알려지지는 않았지만 내 이름이 들어간 책도 두어 권 냈다. 그래서 놀랍게도 아주 가끔은 나를 대단한 사람처럼 여기는 젊은 여성을 만날 때가 있다. 누구든 나보다 '어른'인 여자와 이야기 나누고 싶은 마음이 얼마나 간절한지 알기에, 가능하면 그런 만남을 피하지 않는다. 심지어 나에게 호의적인 젊은 여성과의 대화는 굉장히 재미있는 데다, 또래에게선 들을 수 없는 새로운 문화에 관해서도 배울 수 있기 때문이다.

다만 그런 관계에 푹 빠지고 싶어질 때는 조금 주의한다. 시간이 흐른 다음 그들은 내가 단지 자신보다 몇 년 일찍 태어났을 뿐, 그다지 현명하지도 성공하지도 못한 사람이라는 사실을 알게 될 것이다. 그리고 어느 순간에는 내가 무척 편협하고 생각이 짧은 사람이라는 걸 눈치채고 실망할지도 모른다. 우리는 자연스럽게 멀어지고 연락이 끊길 수도 있다.

우리의 우정은 쓴웃음과 함께 그리 유쾌하지 않은 기억으로 소환될지도 모른다. 나는 그것을 미리 두려워하는 한편, 그 정도면 괜찮다고 마음을 다독여두기도 한다. 이런 관계가 흔히 어떻게 흘러가는지 노라 에프런이 이미 알려줬기 때문이다.

에프런에 의하면, 세부사항들만 조금 다를 뿐 이런 이야기는 항상 똑같이 진행된다고 한다. 젊은 여성이 나이 든 여성을 우상화하며 따라다니고, 나이 든 여성이 젊은 여성을 받아들여주고, 젊은 여성은 나이 든 여성이 그저 인간에 불과했음을 깨달으면서 이야기가 끝난다는 것이다. 만약 젊은 여성이 작가라면 언젠가 그 나이 든 여성에 대해 글을 쓰게 된다고 말하며 그는 마지막으로 고백한다.

세월이 흐른다.

젊은 여성이 나이가 든다.

그리고 로맨스가 그렇게 끝장난 것에 대해서만큼은 사과하고 싶어지는 순간을 맞는다. 지금 쓰는 글은 바로 그런 종류의 사과문이다.[2]

---

2 125쪽, 『철들면 버려야 할 판타지에 대하여』노라 에프런, 김용언 옮김, 반비 (2012년)

사실은 이 글도 바로 그런 종류의 사과문이다. 그리고 이것은 K선생님을 비롯해 내 바보 같은 질문에 답해주고 맛있는 걸 먹여주고 새로운 곳에 데려가고 좋은 것을 보여주고 어떤 말이라도 기꺼이 나눠주었던 어른 여자들에게 뒤늦게 보내는 감사의 글이기도 하다. 당신들 덕분에 나도 조금이나마 어른이 될 수 있었다고.

그것은 정당한
고민입니다

—

　나는 엄마가 되지 않기로 했다. 대단한 이야기는 아니다. 그냥 나라는 사람이, 아이를 낳아 키우지 않기로 했다는 것뿐이다. 삼십 대 중반에 결혼하고 몇 년의 시간이 흐르는 동안 내 마음은 점점 엄마가 되지 않는 쪽으로, 뒤집어 말하면 그냥 이대로 살아가는 쪽으로 기울었다. 아이를 강렬하게 원한 적이 없고 아이와 함께 있는 시간이 대체로 힘들었으며, 혼자 조용한 곳에서 멍하니 지내는 시간을 충분히 확보해야 그나마 조금 충전이 되는 나로선 자연스러운 결정이었다.

　그러나 그렇게 마음을 굳혀가는 동안에도 불안은 꼬리를 물고 찾아왔다. 아이가 없어서 '진짜 행복'을 모르고 사는 건 아닐까? 아이가 없어서 좋은 어른이 되지 못하면 어떡하지? 아이가 없어서 배우자와 멀어지지는 않을까? 언젠가는 분명히 아이 없이 산 것을 후회하게 될까? 여자라면 당연히 결혼해 아이를 낳는 것이 기본값으로 설정된 사회에서 학습해온 불안이 최고조에 이른 어느 날, 나는 엄마가 되지 않기로 한 다른 여성들을 찾아 나서기로 했다. 아이를 원하지 않는 기혼 여성을 향해 '이기적인 여자' 혹은 '저출산의 주범'이라고 비난하거나 '불행하게 자라 피해의식이 있는 거다' '아이를 못 낳는 거면서 안 낳는 척한다'라는 억측을 서슴없이 내뱉는 이들이 흔한 세상에서 다들 어떻게 자신을 지키며 살아가고 있는지 궁금했다. 그들도 나처럼 흔들리는지, 그럼에도 지금의 삶이 마음에 드는지, 엄마가 아닌 여성으로서 무엇을 경험하는지 알고 싶었다.

『엄마는 되지 않기로 했습니다』는 내가 그렇게 만난 열일곱 명의 여성들을 인터뷰해 쓴 책이다. 출간을 앞두고 제목을 최종적으로 결정하며, 출판사에서는 이 문장에 반감을 느낄 사람들이 있을지 모른다는 일부의 우려를 전해왔다. 출간 후 "제목은 좀 부담스럽지만…"으로 시작하는 호의적 서평을 읽은 적도 있고, 나에게 단 한 번도 아이 문제를 언급한 적 없는 아빠조차 "거… 제목은 좀 별로더라"라고 슬쩍 한마디 하셨을 정도니, 그 예측이 틀리지만은 않았을 것이다. 하지만 나는 꼭 이 제목의 책을 세상에 내놓고 싶었다. 어떤 여성이든 죄책감이나 두려움 없이, 엄마가 되지 않기로 했다고 태연하게 말할 수 있으면 좋겠다고 생각했기 때문이다.

책이 나온 뒤, 언론사에서 인터뷰를 요청해왔다. 담당 기자 역시 주위 사람들의 간섭에 시달리는 무자녀 여성이었다. 이 인터뷰는 한 포털사이트의 메인 화면에 노출돼 수백 개의 댓글이 달렸는데, 예상 가능했던 비난이 대부분이었다. 1)지금은 편해도 나이 들면 외롭고 불행할 거다. 2)못 낳는 거면서 안 낳는 척하지 마라. 3)딩크는 국가 세금만 축내니 결혼 무효 처리해야 한다. 4)개인의 선택을 존중하지만, 굳이 나와서 떠들지 마라.(책에 실린 "온갖 무례와 오지랖의 퍼레이드"라는 글에서 나는 이런 댓글들을 저주형, 궁예형, 애국형, 위선형으로 분류해두었다.)

슥슥 스크롤을 내리다가 "저렇게 생긴 여자는 애를 안 낳는 게 낫다"라는 댓글에서는 웃음이 터지고 말았다. 과연, 매체에 사진이 실린 여성이라면 누구도 피해갈 수 없다는 '얼평'이 빠질 리 없지! 물론, 조금도 상처를 받지 않았다면 거짓말이다. 혹시 내가 개인적인 원한을 산 적이 있는 사람인가 싶을 정도로 모욕적인 글을 본 적도 있다. 집요하고 적극적인 악의는 아무리 의미 없는 말이라 해도 마음에 끈적하게 달라붙은 찌꺼기처럼 씻어내는 데 적잖은 에너지가 든다.

그러나 이 책을 읽고 위로받았다는 독자들에게 나 역시 위로받았다. 100퍼센트 확신을 가진 사람만이 무자녀로 살기를 선택할 수 있는 건 아니라는 이야기가 다른 누군가에게도 힘이 됐다고 들었을 땐 무척 기뻤다. "사회로부터 듣는 메시지 때문에 이리저리 부유하면서 점점 놓을 위치를 잃어가던 저의 생각과 확신이 이 책을 읽고 다시 정당한 힘과 필요한 빛을 얻은 느낌이에요"라고 적힌 편지를 몇 번이나 다시 읽었는지 모른다. 아이를 낳지 않는 문제로 의견이 갈려 만나던 사람과 헤어진 적이 있지만 후회하지 않는다는 여성, 아이를 낳을지 말지 여전히 고민 중이지만 그 고민은 자신을 위한 것이 틀림없다고 다짐하는 여성의 메시지를 받을 때마다, 나는 이 이야기를 세상에 내놓길 잘했다고 생각한다. 그리고 만약 지금 어딘가에서 '낳지 않음'에 관해 고민하는 여성이 있다면 다시 한 번 말해주고 싶다. 엄마 됨, 혹은 되지 않음을 둘러싼 여성의 고민은 정당하고, 그 답을 찾기까지 충분한 시간을 들여도 괜찮으며, 어떤 선택을 하든 우리는 나쁘거나 틀리지 않다고 말이다.

다음으로 가기 위한 질문

—

　"한 아들의 엄마가 되었습니다." 2020년 11월 16일, 일본 출신 방송인 후지타 사유리 씨는 인스타그램에 만삭 사진과 함께 자신이 약 2주 전 출산했음을 알렸다. 그가 결혼하지 않은 채 정자를 기증받아 아이를 낳았다는 것을 밝힌 뒤 TV 뉴스와 인터뷰하고, 유튜브를 통해 임신 및 출산 과정을 공개하면서 비혼 여성의 출산 이슈에 갑자기 불이 붙었다. 몇몇 기자는 내게 전화를 걸었다. 결혼했지만 엄마는 되지 않기로 했다는 책을 쓴 여자가, 결혼하지 않고 엄마가 되기로 한 여성을 어떻게 바라볼지 궁금했던 모양이다. 하지만 결혼했거나 하지 않았거나 아이를 낳았거나 낳지 않은 많은 여성이 그랬던 것처럼, 나 역시 사유리 씨에게 가장 먼저 하고 싶은 말은 단순했다. 그의 선택을 존중하고 축하한다는 것 말이다.

살면서 "결혼은 안 해도 아이는 낳고 싶(었)어"라고 말하는 여성을 종종 만났다. 결혼과 출산을 막연히 낭만화했던 십 대 시절부터 친구 다수가 초등학생의 엄마가 된 지금까지, 여자끼리 얘기하다 보면 한 무리에 한 명쯤은 그런 사람이 있다. 아이를 낳고 싶다는 강렬한 감정을 느껴본 적 없는 나로선 잘 알 수 없지만, 결혼이라는 제도의 부담과 남편이라는 존재에 따라붙는 번잡스러운 문제들을 굳이 짊어지지 않고, 자신의 아이를 낳아 키우고 싶다는 바람을 이해하기는 어렵지 않았다.

그러나 그 욕망을 실행에 옮기며 그 과정까지 적극적으로 공개한 사람을 본 것은 사유리 씨가 처음이었다. 그는 나이를 먹으면서 자궁 기능이 떨어져 임신이 어려워졌음을 알고 충격받았지만, 아이를 낳기 위해 서둘러 상대를 찾아 결혼하고 싶지는 않았다고 말했다. "사랑하지 않는 사람이랑 결혼하는 게 너무 두려웠어요"라는 사유리 씨의 말을 들으며 깨달은 것은, 우리가 어떤 선택을 할 때 맞서야 하는 두려움이 얼마나 상대적인가다. 세상은 여성이 '아빠 없는 아이'를 키우는 삶을 끔찍이 두려워하도록 가르치지만, 사유리 씨는 사랑 없는 결혼이야말로 두렵다고 생각했기에 싱글 맘으로 살아가겠다는 용기를 낸 것이다.

물론 세상이 앞으로 나아가려 할 때마다 구르는 바퀴를 붙들고 늘어지며 '내 생각=국민 정서=절대 진리'인 양 우기는 사람들은 이번에도 어김없었다. 여성이 자발적 선택으로 남자 없이 가족을 이룰 수 있으며, 이런 가능성을 반기는 여성들이 적지 않다는 사실이 그들을 불안하게 만든 것 같았다. "아이 동의 없이 엄마 혼자 결정해서 낳으면 안 되죠."(세상에 태아의 동의하에 이루어지는 출산이 있으면 저에게 알려주시길!) "아빠 없이 태어날 아이가 행복할까요?"(당신 같은 사람만 없으면 행복할 텐데!) "크리스천으로서 정상적이지 않은 임신과 출산은 인정할 수 없습니다."(성령으로 잉태되신 예수님 입장도 들어봅시다!)

뻔한 태클들을 뒤로하고 사유리 씨가 남긴 것은 '다음'으로 가기 위한 질문들이다. 그는 "낙태가 여자의 권리라면 아이를 낳는 것도 여자의 권리"라고 말했다. 그러나 현실은 그렇지 못하다. 사유리 씨처럼 결혼하지 않은 여성이 정자 기증을 통해 임신하는 것은 불법이 아니지만, 의료 현장에서는 법률적 혼인 관계를 맺은 여성에게만 체외수정 시술을 해주는 관행이 굳어있기 때문이다. 다만 사유리 씨의 사례가 화제가 되면서 국회에서는 관련 제도 개선을 검토하겠다고 발표했다.

공교롭게도 사유리 씨가 엄마가 됐다고 발표했을 때쯤, 최하나 감독의 영화 〈애비규환〉이 개봉했다. 가르치던 고등학생과 사랑에 빠져 아이를 가진 대학생 토일(정수정)이 오래전 엄마와 이혼한 친부를 찾아다니며 벌이는 소동을 그린 작품이다. 제목만큼이나 경쾌한 톤으로 정상가족 신화와 모성 신화를 걷어차고 새로운 가족 이야기를 펼쳐놓는 이 영화를, "가암히 여자 혼자 애비도 없이 애를 키우겠다니"라며 사유리 씨를 향해 혀를 차는 사람들에게 보여주고 싶어졌다. 어딘가에서 톡 하고 벽에 금이 가는 소리가 들렸다. 두꺼워 보였지만 실은 별것 아니었던 그 벽에.

며느리라는 신분

나는 맏며느리의 딸이다. 이 사실은 내가 팔 남매 중 장남의 둘째 딸이라는 것보다 내 인생에 훨씬 많은 영향을 끼쳤다. 내가 초등학교에 들어갈 때부터 고등학교에 입학할 때까지 함께 산 조부모님이 돌아가신 지 20년이 지났으니, 엄마는 누군가의 며느리가 아니게 된 지 오래다. 하지만 그 후로도 매년 명절이 돌아올 때마다 엄마는 물론 엄마의 딸인 언니와 나 역시 벗어날 수 없었다. 명절 전날 귀성길 고속도로처럼 쇼핑 카트가 꽉 메운 마트에 가서 장을 보고, 집에 돌아와 고기며 야채를 다듬고, 커다란 채반 가득 빈대떡과 동태전을 부치고, 명절날 새벽같이 일어나 후다닥 씻은 다음 차례상을 차리고, 음복이 끝나기 무섭게 다시 아침상을 차리고, 식사를 마친 최씨 집안 남자들이 거실에 차려진 떡과 과일을 먹으며 TV 채널을 돌리는 동안 싱크대를 가득 메운 그릇들을 닦고 또 닦은 다음 점심상을 준비해야 하는 지긋지긋한 과정에서 말이다.

물론 한국에서 며느리의 삶을 이야기할 때, 명절 노동은 결정적 포인트인 한편 빙산의 일각이기도 하다. 나는 한국여성민우회에서 엮은 『온갖 무례와 오지랖을 뒤로하고 페미니스트로 살아가기』라는 책의 제목을 무척 좋아하는데, 특히 "온갖 무례와 오지랖을"이라는 표현을 떠올릴 때마다 결혼과 동시에 '며느리'라는 (원치 않은) 신분으로 격하된 수많은 여성을 떠올리곤 한다. 여성은 결혼 후, 때로는 결혼 전부터 남자 쪽 집안의 재생산을 담당하는 공공재이자 윤활유이며 활력소로 기능하기를 요구받는다. 그동안 살아온 삶, 무슨 능력을 갖췄고 어떤 경력을 쌓았으며 무엇을 좋아하고 싫어하는 사람인지 깡그리 지워진 채 '며느리'로만 존재하게 되는 것이다. 가난하고 형제 많은 집안 장남과 결혼한 여성이 '현명하게' 가족의 화합을 이끌어 모두에게 행복을 가져온다는 90년대 주말 드라마도, 철없던 부잣집 딸이 삼대가 함께 사는 서민 가정의 며느리가 되고서야 진정한 가족 간의 정을 깨닫는 내용의 요즘 주말 드라마도 이런 판타지에 꾸준히 기여한다.

세상에서 가장 모호하면서도 방대한 개념인 '며느리 도리'는 또 어떤가. 너무 낯설어서 입에도 붙지 않는 '사위 도리'와 달리, 며느리 도리 영역에는 시부모에게 일주일에 한 번 이상 안부전화 걸기, 시부모 생일은 물론 남편도 모르는 일가친척 대소사 챙기기, 강제로 초대된 시가 단톡방에서 열심히 리액션 하기를 비롯해 무수한 감정노동과 김장, 벌초, 제사, 간병 등 다양하고 대가 없는 육체노동이 포함된다. 아이를 낳고 나면 시부모와 손자 사이의 다리 역할을 맡아 아이 사진을 꾸준히 업데이트하며 근황을 전하는 것도 '아범'이 아닌 며느리의 몫이다.

"가사, 육아, 부부, 시가가 연속된 게 결혼 이후의 삶인데, 그 안에 결혼 전에 있던 '나'라는 존재만 쏙 빠져있어요"라던 또래 여성의 말을 나는 종종 떠올린다. 다른 지역에서 맞벌이로 사는 며느리더러 얼굴 한 번 본 적 없는 시조부 제사를 준비해야 하니 휴가 내고, 혹은 퇴근하자마자 오라는 시부모, 그것을 방관하고 동조하는 남편에 관한 얘기 역시 지겹도록 많이 보고 들었다. '아들의 일'은 제사에 우선할 수 있지만, 며느리에게는 너의 일이나 계획, 의견이 중요한 게 아니니 달려와서 우리 집안의 질서에 복종하라는 신호를 보내는 권력

확인의 절차에 대해서 말이다.

가부장제의 질서에 순응하지 않는 며느리는 '도리'를 모르는 위험인물로 간주된다.『어차피 내 마음입니다』의 저자인 서늘한여름밤 작가는 몇 년 전, 결혼 후 첫 명절에 시가에 가지 않은 이유에 대한 만화를 블로그에 올리며 남편의 부모를 가리켜 '25년간 모르고 살던 어떤 중년 부부'라고 표현했다.(사실이다.) 그는 아들 부부의 이러한 결정을 부드럽게 받아들인 시부모에 대해 "고맙지는 않았다"라고 적었다.(동감이다.) 대신 그는 시부모가 자신을 존중한다는 것을 받아들이며, "그렇게 우리는 서로 관계 맺을 수 있는 최소한의 단계를 넘어갔다. 고맙지는 않지만 나쁘지는 않은 그런 시작"이라고 말했다. 게시물에는 천 개가 넘는 댓글이 달렸다. 그의 생각을 지지하고 응원하는 이도 적지 않았지만, 악의가 담긴 비아냥, 욕설, 훈계, 억측도 난무했다. 무엇이 이들을 이렇게 분노하게 했을까? 그들에게 며느리는 어때야 하는 존재일까?

조남주 작가의 『82년생 김지영』에서 김지영 씨가 명절 연휴에 시부모를 향해 "그 집만 가족인가요? 저희도 가족이에요. 그 댁 따님이 집에 오면, 저희 딸은 저희 집으로 보내주셔야죠"라고 호소할 수 있었던 것은 친정어머니의 목소리에 기대서, 즉 '제정신이 아닐' 때였다. 수신지 작가의 웹툰 〈며느라기〉는 민사린이라는 여성의 인생 중 지극히 일부, 그러나 그전과는 확연히 다른 '며느리'로서의 삶에 현미경을 들이댄다. 좋은 마음으로 시모의 생일상을 정성껏 차리지만 정작 자신은 충분히 존중받지 못하고, 가족 모임과 제사가 거듭될수록 민사린이 느끼는 모멸감과 피로감은 너무나 통렬하게 묘사돼 웃고 있어도 눈물, 아니 욕이 나온다. 유독 길었던 어느 연휴, 온라인 커뮤니티와 SNS의 여성 사이에서 높아지던 스트레스를 기억한다. 이 분노는 민사린을 비롯한 무씨 집안 며느리들이 새벽부터 뼈 빠지게 음식을 준비한 뒤, 조그만 상에서 간신히 식사를 하다가 "요즘은 여성 상위 시대"라는 말을 시가 남자 어른으로부터 들은, 〈며느라기〉의 댓글 창에서 삼천 개가 넘는 코멘트가 되어 불꽃처럼 펑펑 터졌다.

아이러니하게도, 내가 '맏며느리의 딸'이라는 굴레에서 탈출할 수 있게 된 것은 다른 집안의 '며느리'가 되면서였다. 언니와 내가 차례로 결혼해 일을 도울 손이 줄어들고 사촌들도 결혼하거나 직장에 다니게 돼 바빠지면서 최씨 집안의 명절 행사 규모는 점점 쪼그라들었다. 아빠는 내심 서운한 눈치였지만, 나는 여기서 마음이 약해지면 엄마가 맏며느리의 굴레에서 풀려날 날이 오지 않을 거란 생각이 들어 일을 도우러 가지 않았다. 결국, 조부모님의 차례상은 자연스레 그분들이

다니셨던 원불교로 넘어갔다.

사실 결혼 후 처음 시가에 방문하게 됐을 때 내 마음속에는 약간의 긴장이 있었다. 이 낯선 어른들과 어떤 관계를 맺어야 할까? 부모님에게도 살갑지 않은 내가 '35년간 모르고 살던 어떤 중년 부부'와 잘 지내려면 어떤 마음이어야 할까. 예쁨 받는 며느리가 될 생각은 없었다. 나는 그분들의 딸이 될 수 없고, 되고 싶지도 않았다. '딸 같은 며느리'를 바란다고 말하는 시부모들은 둘 중 하나라고 생각한다. 거짓말을 하고 있거나, 딸이란 존재에 대해 잘 모르거나.

이 기회를 틈타 딸로 평생 살아온 입장에서 말하자면, 딸도 그냥 자식이다. 아들과 본질적으로 다를 바 없다는 얘기다. 바지런하고 상냥하고 참해서 함께 목욕이나 쇼핑, 교회에 다니며 주위에 자랑스레 소개하기 좋은 딸… 같은 며느리는 그냥 유니콘처럼 상상 속의 무언가다. 자연 상태의 딸은 방바닥에 널려있는 자기 머리카락도 안 치우고 밤늦게 들어와 부루퉁한 얼굴로 방에 처박혀있기 일쑤며 다 차려진 식탁에 수저 놓는 것조차 귀찮아하는 게을러빠진 인간이다. 물론 나와 주변의 일부 사례로 딸이란 집단을 성급하게 일반화하자니 그렇지 않은 딸들에게 미안하지만, 그래도 세상이 우리에 대해 갖고 있는 과도하게 높은 기대는 좀 꺾어놓을 필요가 있지 않을까.

그래서 나는 그냥 제일 친한 친구 집에 놀러 왔다고 생각하기로 했다.(실제로 그렇긴 하다.) 시가에 가면 우리 집에서 안 하던 걸 하지 않고, 못하는 걸 해내려고 무리하지 않는다. 다행히 차례는 지내지 않기에 복잡한 문제 하나는 해결이다. 명절 음식 대신 모두 좋아하는, 그리고 우리의 작은 아파트에서 먹기 힘든 홍어회를 택배로 주문해뒀다 먹는다. 이튿날엔 집에서처럼 느지막이 일어나 점심을 먹고 남편과 설거지를 한 다음, 시어머니와 셋이 뒷산을 한 바퀴 돌며 산책하거나 밤을 줍고 돌아와 혼자 건넌방에 가서 스마트폰과 아이패드에 다시 고개를 처박는다.

가끔은 '내가 너무 딸같이 지내고 있나?'라는 자책감이 불쑥 고개를 들 때도 있다. 이러니저러니 해도 K-효자와 K-효부 아래 살아온 세월은 그냥 지워지지 않아서다. 그러나 누구보다 스스로 편안하게 느껴야 이 우호적 관계를 지속할 수 있다고 생각하기에, 굳이 '며느리 도리'를 다하지 않으려 애쓴다. 물론 그런 나를 그대로 받아들이며 호의적으로 대해주시는 시부모님을 만나 갈등을 겪지 않아도 되는 것은 내 노력과는 별도의 운이지만, 그에 대해 특별히 감사하지 않으려고도 애쓴다. 내가 결혼제도 안에 들어온 다음 알게 된 사실은, 여성은 외부의 강제적 요인 없이도 무의식에 새겨진 가부장제 규범에서 벗어나기 위해 상당한 에너지를 소모한다는 것이다. 그래서 나는 예쁨받는 며느리가 되기 위해 애쓰지 않으려 애쓴다. 나와 내 새로운 가족들이 계속 사이좋게 살아가는 데 필요한 것은 여성에게만 요구되는 그놈의 '도리'가 아닌 상호존중이라고 믿기 때문이다.

레이디 버드,
레이디 버드!

–

"젊은 시절의 엄마를 만난다면 해주고 싶은 말은?"이라는 질문이 몇 년 전 온라인 여성 커뮤니티에서 뜨거운 반응을 얻었던 적이 있다. "결혼하지 마" "아빠 만나지 마" "나 낳지 말고 엄마 인생을 살아" 같은 답변이 주를 이루는 걸 보며 나라면 무슨 말을 할까 생각했지만, 좀처럼 떠오르지 않았다.

엄마는 전북 군산의 한 작은 마을에서 오 남매 중 셋째로 태어났다. 외할아버지는 그 시절 남자로는 드물게 다정하고 온화한 성품을 지닌 분이었지만 가난한 집안을 일으킬 수완은 없었던 듯하다. 밥을 굶을 정도는 아니어도 장학금을 못 받으면 학교에 계속 다닐 수 없을 만큼 어려운 형편을 엄마는 공부로 돌파했다. 깜깜한 새벽 논두렁 사이 십 리 길을 걸어 기차역에 가서 열차를 타고 등교하던 엄마의 꿈은 서울에 가서 사는 것이었다.

하지만 고향에서 가까운 국립대에서 장학금을 받아 학교를 졸업한 엄마는 시골 학교의 선생님이 되었다. 가족 중 누구의 연애 이야기도 남사스럽다고 여기는 분위기라, 엄마가 왜 굳이 아빠와 결혼했는지 물어본 적은 없다. 언젠가 언뜻 듣기론, 당시 경기도에 위치한 회사에 다니던 아빠는 엄마에게 "나중에 꼭 서울에 가서 살 거"라고 말했다고 한다. 아마도 엄마는 아빠의 꿈에 자신의 꿈을 걸었던 것 같다. 엄마가 그 선택에 관해 어떻게 생각하는지는 알 수 없다. 다만 그때 엄마에겐 그것이 최선의 패로 보였을 거라고 짐작할 뿐이다. 사실 나는 자라면서 가끔 엄마가 아빠보다 짜증을 덜 내고 덜 자기중심적인 사람과 결혼했다면 좋았을 것 같다고 생각했다. 만약 그랬다면 아빠를 빼닮은 나를 낳을 일도 없었겠지만.

"너는 항상 네 생각만 하지!" 한낮의 한적한 영화관에서 〈레이디 버드〉 상영 시작 3분 만에 움찔하고 말았다. 샌프란시스코가 아니라 새크라멘토에 사는, 크리스틴이라는 이름 대신 자신을 "레이디 버드"라고 소개하는 소녀는 주위의 모든 것이 불만이고 자신이 여기 있기엔 너무 특별한 사람이라 믿으며, 그래서 고독한 시기를 지나는 중이다. 매사 뚱한 얼굴로 가차 없이 독설을 내뱉는 딸에게 짜증이 머리끝까지 치솟은 엄마는 진실을 말해버린다. 너는 너밖에 모르는 사람이라고. 그 순간 깨달았다. 우리 엄마는 나에게 그렇게 말한 적이 없다는 걸. 그리고 그게 얼마나 큰 참을성이 필요한 일이었을지.

나를 이해하지 못하는 부모님 때문에 불행한 나, 라는 드라마에 빠져있던 경험은 누구에게나 있을 것이다.(제발 그렇다고 말해주면 좋겠다.) 이를테면 나는 '운동권 책'이라는 이유로 『전태일 평전』을 읽지 못하게 하고 대안학교에 보내주지 않는 부모 때문에 우울한 나머지, 매달 새로운 이름을 붙인 일기장에 끝없이 편지를 써대는 십 대였다. 그땐 가끔 상상하곤 했다. 우리 엄마가 이렇게 공부만 시키는 고지식한 사람이 아니라 '또 하나의 문화'의 C교수님처럼 진보적이고 깨어있는 사람이면 얼마나 좋을까!

열다섯 살 때 나는 플루트를 배우고 싶어 했는데, 순전히 허영심 때문이었다. 당시 우리 가족은 아빠의 월급으로 암투병 중인 할머니와 뇌졸중으로 반신이 불편한 할아버지를 포함해 여섯 식구가 살았는데, 엄마는 언니와 내게 결코 돈이 없다는 말을 하지 않았다. 그래서 나는 정말 우리 집이 괜찮은 줄 알았다. 어려서부터 피아노를 배우는 게 꿈이었지만 그럴 기회를 얻지 못했던 엄마는 음악적 재능이 끔찍이도 없던 내가 모처럼 악기를 배우고 싶다고 하자 반가웠는지 무리해서 플루트를 사주었다. 그러나 나는 영등포에 있는 백화점 문화센터 강습반에 등록해 수업을 듣기 시작하자마자 플루트가 싫어졌다. 그 아름다운 은빛 악기에 입술만 대면 아름다운 소리가 흘러나올 거란 기대는 완전히 착각이었다. 멜로디를 연주하긴커녕 음 하나를 내는 것조차 고된 훈련이 필요했다. 나는 운지법을 제대로 익히기도 전에 두통을 핑계로 플루트를 그만뒀다. 이상하게도 엄마는 나에게 화내지 않았지만, 옷장 깊숙이 처박혀 녹슬어가는 플루트를 볼 때마다 엄마를 실망시켰을 거라는 죄책감이 고개를 들었다.

엄마가 나를 사랑한다는 사실을 의심한 적은 없다. 하지만 레이디 버드가 "엄마가 날 사랑한다는 건 나도 알아. 그런데 나를 좋아하냐고"라고 물었을 때 오래전부터 가지고 있던 의문, 혹은 불안이 떠올랐다. 사실 엄마가 꿈꿨던 딸은 고2 때 우리 반 반장이었던 민정이처럼 말씨가 상냥하고 어른들에게도 싹싹하며 피아노를 잘 치는 여자아이가 아닐까. 집에 오면 혼자 방에 처박혀서 무슨 생각을 하는지 절대 말하지 않고, 수상한 책과 비디오테이프를 방 한가득 모으며, 손님이 오면 무뚝뚝한 표정으로 피해버리는 딸이 아니라. 매일 수건을 두 장씩 쓰고 끝없이 머리카락을 흘리고 다니며 발 디딜 틈 없이 옷을 팽개쳐놓는 딸이 아니라. 이렇게 삐딱하고 게으르고 이기적인 사람이 자신의 딸이 아니라도, 엄마는 나를 좋아해줄까.

한 번도 물어보지는 못했다. 하지만 언제부터인가 어느 쪽이라도 상관없다는 생각이 들었다. 엄마는 남이었다면 도저히 좋아할 수 없었을 나에게 최선을 다했고, 나는 그런 엄마와 싸우며 자라서 지금의 내가 되었으니까. 엄마는 내가 내 생각만 하며 살 수 있도록, 무슨 일이 있더라도 결국엔 내 생각대로 살 수 있도록 해준 사람이었다. 엄마는 내가 '쓸데없이' 책에 파묻혀있는 걸 보기 싫어하는 아빠 모르게 할부로 세계문학전집을 사주었고, 내가 갑자기 방송작가아카데미에 가고 싶다고 하자 역시 아빠 몰래 비용을 대주었다. 번듯한 회사에 취업하는 대신 비정규직인 구성작가로 일하게 됐다는 사실을 아빠에게 몇 달이나 숨겨준 것도 엄마였다. 내 평생의 딴짓과 실수, 실패 가까이에는 엄마가 있었다. 잔소리하고 근심하면서, 그러나 가두거나 가로막지 않으면서 엄마는 나라는 타인을 떠나보내 주었다.

그것으로 충분하다는 것, 아니 실은 거기에 엄청난 노력과 용기가 필요하다는 것을 알게 된 지금, 나는 내가 열다섯 살

때의 엄마와 비슷한 나이가 되었다. 그러니 젊은 시절의 엄마를 만난다면 무슨 말을 해줘야 할까? 어차피 엄마에겐 엄마가 선택한 인생이 펼쳐질 텐데. 나는 그냥, 엄마가 어떤 삶에서든 충분히 행복하길 바란다. 아, 얼른 피아노를 배우라는 말만은 해주고 싶다.

보이는 일,
보이지 않는 일

—

그 남자는 나보다 늦게 도착해 먼저 나갔다. 나는 한 방송사의 옴부즈맨 프로그램에 출연하기 위해 분장실에서 메이크업을 받고 있었고, 그는 함께 출연하는 패널이었다. 옆방으로 옮겨 머리 손질을 받을 때도 마찬가지였다. 내 머리는 짧은 단발인데도 화장을 포함해 30분이 넘게 걸렸다. 그는 10분 안팎이었다.

"우리 벌써 아홉 시간째죠?" 지방선거 개표방송을 보다가 깜짝 놀랐다. 세련된 바지정장을 입고 스튜디오에 꼿꼿한 자세로 서있는 여성 앵커는 한눈에도 훌쩍 높은 굽의 구두를 신고 있었다. 이십 대 중반, 하이힐을 처음 신기 시작했을 때 나는 뒤꿈치가 까져 피투성이가 되고 발바닥에 불이 난 것처럼 아파 죽겠는데도 "오늘은 인어공주 모드야"라며 웃어넘기곤 했다. 7센티미터 굽에 익숙해지자 하이힐을 신고 뛸 수 있다는 데 자부심을 느꼈다. 8센티미터, 9센티미터로 점점 높아지는 구두를 신어 종아리 근육이 팽팽하게 당기면 늘씬해진 기분에 자신감이 생겼다. 발볼이 넓은 데다 평발에 가까운 내가 좁고 높은 구두로 신발장을 가득 채우자 엄마는 무지외반증을 걱정하며 잔소리를 했지만, 그땐 그게 문제가 아니었다.

그런데 삼십 대 중반이 되니 하이힐을 신은 날엔 집 앞 버스정류장도 못 가서 집으로 돌아가고 싶어졌다. 구두 바닥의 기울기와 인간의 체력은 반비례하기 때문이다. 비교적 발이 편하다는 브랜드의 구두를 신어도 두어 시간 지나면 허리와 등까지 뻐근한 피로감이 올라왔다.

내가 거의 마지막으로 하이힐을 신은 건 2017년 가을이었다. 『남자들은 자꾸 나를 가르치려 든다』로 뜨거운 반응을 얻은 작가 리베카 솔닛의 내한 당시, 나는 한 행사의 사회를 맡았다. 무려 팔백 석 규모였다. 이렇게 크고 엄청난 자리에 나서는 게 처음이었던 나는 과도한 흥분 상태로 질문지를 준비하는 동시에 메이크업 숍을 알아봤다. 화장을 아예 안 하고 살아온 건 아니지만, 내 화장의 수준은 기껏해야 모공을 파운

데이션으로 때우는 정도였기에 '중요한 자리'에 그러고 갈 수는 없었다. 선명한 아이라인과 화사한 피부 표현, 찰랑거리는 머리카락 같은 것들이 스스로를 더 프로페셔널로 보이게 해줄 거라 굳게 믿었던 나는, 그날 홍대에서 십만 원짜리 헤어 메이크업 패키지 서비스를 받고 행사장으로 향했다. 그렇게 공들인 화장을 한 건 평생 세 번이었는데 한 번은 결혼식, 한 번은 스튜디오 촬영, 그리고 그날이었다. 의상 역시 결혼식을 마친 뒤 하객들에게 인사할 때 입었던, 즉 내가 가진 것 중 가장 비싸고 좋은 원피스였다. 원피스를 입은 이상 로퍼나 운동화를 신을 수는 없었다. 행사가 열리는 건대까지는 지하철로만 30분 거리였다. 역 계단을 오르며 이미 발뼈가 조각조각 나는 것 같았다.

대기실에서 리베카 솔닛과 처음 만났을 때 그가 아주 잠깐 깜짝 놀란 눈을 했다고 느낀 게 제발 내 착각이나 망상이면 좋겠다. 그는 무척 친절했지만, 나는 긴장한 데다 발이 너무 아팠고 여러 번 덧바른 화장 때문에 얼굴이 답답했다. 분주한 분위기 속에 현실자각 타임이 찾아왔다. 나는 왜 굳이, 한 없이 신부 화장에 가까운 모습으로 이 자리에 온 걸까? 어차피 이 자리의 주인공은 내가 아닌 리베카 솔닛이고, 그는 내가 블러셔를 발랐든 안 발랐든 치마를 입든 조거팬츠를 입든 신경도 안 썼을 텐데, 나는 대체 누구에게 무엇을 보여주려고 했던 걸까?

행사를 마친 뒤 넓은 캠퍼스를 걸어 나오는데 구두에 쓸린 발뒤꿈치가 벗겨져 피가 배었다. 걸음걸음 내디딜 때마다 아픔이 밀려왔지만, 택시를 잡으려면 큰길까지 나가야 하니 울지도 웃지도 못하고 절뚝이며 어두운 길을 한참 걸었다. 이듬해 열린 여성단체 바자회에 새것 같은 하이힐을 몽땅 보낸 뒤, 내 신발장에는 면접과 조문 때 신을 낮은 검정 구두만 남았다.

뉴스를 보다가 생각한 적이 있다. 시청자들은 남성 앵커가 월요일에 입은 옷과 화요일에 입은 옷을 구별할 수 있을까? 그가 어제 한 넥타이를 오늘 또 했을 때 눈치채는 사람은 얼마나 될까? 늘 비슷한 양복 재킷을 걸치고 대략 '직사각형' 정도의 실루엣만 유지하면 누구도 비난하지 않는 남성 앵커, 기자, 아나운서 들과 달리 여성 언론인들은 목과 어깨선, 허리 라인, 치마 길이, 상의와 하의 폭 등 세세한 지점마다 신경 쓸 수밖에 없는 차림으로 등장한다. 여성의 옷차림은 너무 칙칙해도, 너무 화려해도 안 된다. 한 아나운서 출신 정치인이 썼던 에세이에는 여성 아나운서가 조금만 깊게 파인 상의를 입으면 시청자들이 득달같이 방송사에 항의 전화를 걸어온다는 대목이 있었다. 뉴스에는 안경을 낀 남성 앵커와 기자들이 수없이 등장하지만, 여성 아나운서가 안경을 썼다가 '화제'가 된 것은 2018년 4월이 되어서였다. MBC 아침뉴스를 진행했던 임현주 아나운서는 그동안 렌즈를 끼고 속눈썹을 붙이고 오랜 시간 눈 화장을 하느라 눈이 무척 피로했지만, 인공 눈물을 넣으며 방송을 해왔다고 털어놓았다. JTBC 강지영 아나운서는 긴 머리카락을 자른 사진을 인스타그램에 올리며 "알 게 뭐야(Who cares)? #두발자유"라고 적었다가 몇몇 언론들로부터 '페미니스트 논란'이라는 한심한 프레임으로 재단되기도 했다.

이처럼 외모에 대해 조각조각 평가받고 혹독하게 관리하며 매일 의상, 헤어, 메이크업, 액세서리에 대해 고민할 수밖에 없는 여성들이 과연 같은 직군 남성들과 같은 양의 노동을 하고 있다고 말할 수 있을까? 보이는 것을 위한 보이지 않는 추가 노동에 여성들이 쏟아온 시간을 돈으로 환산하면 얼마나 될까? 엉뚱한 곳에 에너지를 소진하는 바람에 여성들이 놓친 기회는 또 얼마나 많을까?

여성에게만 강요된 꾸밈노동을 적극적으로 거부하는 '탈코르셋' 운동에 대한 기사의 댓글을 대부분 남성이 쓴 걸 보고 놀란 적이 있다. 여자들이 머리를 짧게 자르고 화장 좀 안

하겠다는 얘기에 남자들이 이렇게 화를 낼 줄이야. 여자들이 화장을 안 하면 고전적 도시괴담에 늘 등장하는, 지하철에서 화장하는 여자의 '날리는 분가루'에 숨이 막힐 일도 없고 사무실에서 '화장 고치느라 일 안 하는' 여직원도 없어질 텐데!

옴부즈맨 프로그램 녹화를 마치고 돌아와 화장을 지우는데, 아이 메이크업 리무버를 듬뿍 묻힌 화장솜에서 까만 섬유 뭉치가 툭 떨어졌다. 나도 모르는 사이 붙어있던 속눈썹이었다. 뻑뻑한 눈을 씻어내면서, 일단 아주 간단한 원칙부터 시작해보기로 했다. 바로 언제나 어디서나 누구에게나, 무엇보다 굳이 예뻐 보이려고 노력하지 않는 것이다.

피해자다움이라는 말

—

그런 얘길 하자마자 그런 일이 일어나다니, 신이 있다면 어지간한 악취미의 소유자가 아닐까. 친구 집에 모여 작은 파티를 한 날이었다. 맛있는 음식 앞에서 웃고 떠들던 우리는 문득 한국(어쩌면 세계) 여성의 공통 화제인 성희롱에 관한 이야기를 시작했다. 거리, 학교, 직장, 대중교통 안에서 벌어졌던 그 지긋지긋한 일들…. 하지만 그날따라 낙관적인 기분이었던 내가 말했다. "그래도 서른다섯 살 넘으니까 택시 아저씨들이 이상한 얘기 잘 안 하잖아. 젊은 여자로 안 보이게 되니까 훨씬 편한 것 같아." 그리고 한 시간 뒤, 나는 강제추행 사건의 피해자가 되었다.

그 남자는 집 근처에 숨어있었다. 그가 기다리고 있던 것은 혼자 귀가하는 여자였다. 꼭 나일 필요는 없었다. 그와 나는 일면식도 없는 사이였다. 다만 그날 그 시간 그 자리에 내가 있었기 때문에 그 일은 나에게 벌어졌다. 마치 접촉사고 같은 일이었지만 대부분 교통사고와 달리 그 일은 뚜렷한 목적을 가지고 이루어졌다. 여러 번 생각했다. 청소년이나 임신부, 노약자에게 그 일이 일어난 것보다는 낫지 않을까? 그런다고 기분이 나아지는 것은 아니지만, 그래도 조금은 다행스러운 일이다.

남자가 나를 공격한 시간은 다 합쳐도 3초가 채 되지 않았다. 그는 행인을 가장해 내 쪽으로 다가왔고 갑자기 속도를 높여 덤벼든 다음 빠르게 도망쳤다. 그에게는 안된 일이지만 나는 수십 년에 걸쳐 '셜록 홈스'부터 드라마 〈크리미널 마인드〉까지 온갖 추리·범죄 수사물을 섭렵해온, 마음만은 한여진(드라마 〈비밀의 숲〉에서 배두나가 연기한 경찰)이다. 범인의 인상착의를 파악하는 것이 수사에 얼마나 중요한지 알기에, 나는 달려가는 그의 뒷모습을 보며 머릿속에 입력했다. 키 175센티미터가량, 이십 대 후반, 보통 체격, 검정색 맨투맨 티셔츠에 청바지.

그 어느 때보다 빠르게 달리고 있다고 생각했지만(마침 발이 편하기로 이름난 러닝화 스케쳐스 고워크를 신고 있었다) 100미터를 23초에 뛰는 내가 그를 따라잡을 수 있을 리 만무했다. (후에 전문가에게 듣기로는, 인적이 드문 곳에서 가해자를 쫓아가는 것은 위험할 수 있다고 한다.) 공공장소에서 성폭력 피해를 당하면 주변에 큰 소리로 도움을 청하라는 기사를 읽은 것이 떠올라 목청 높여 외쳤다. "성추행범이에요! 도와주세요!" 그러나 담배를 피우러 나와있던 몇몇 아저씨들은 이쪽저쪽으로 달음질치는 남자와 나를 멀뚱히 바라보기만 할 뿐이었다. 내 목소리만 조용한 밤공기 속에서 썰렁하게 울려 퍼졌다. "성추행범이에요오~~~!"

남자가 어둠 속으로 모습을 감추고 난 뒤, 가까이 있던 '난닝구' 차림의 아저씨가 담뱃재를 떨며 말했다. "경찰에 신고를 해야지." 거 참. 감~사합니다. 나는 112를 누르고 위치를 말한 뒤 사건을 간략히 설명했다. 몇 분 지나지 않아 도착한 경찰은 내가 들려준 인상착의를 토대로 근처 공원에 숨어있던 범인을 검거했다. 경찰서에 도착했을 때는 자정이 지나서였다.

내가 원한 것은 강력한 처벌이었다. 그러나 형사소송을 시작하고 나서야 내가 법적 절차에 대해 얼마나 무지한지 알게 되었다. 한국에서 살아가는 여자에게 이토록 필요한 생활정보를 가르쳐주는 곳이 아무 데도 없었다니! 국선변호사를 선임하긴 했지만 들을 수 있는 설명은 거의 없었다. 사무장은 친절히, 그리고 약간 귀찮아하며 법정에서 나를 대리하는 역할은 검사가 맡는 셈이라고 말해주었다. 나는 매일 법원 홈페이지에 있는 '나의 사건' 검색 페이지에 들어가 사건진행 내용을 읽고 또 읽었다. 공판검사와 수사검사가 다르다는 걸 처음으로 알게 됐고, 공탁과 합의가 양형에 끼치는 영향에 대해서도 공부했다. '고단'이니 '가단'이니 하는, 지금도 무슨 뜻인지 알지 못하는 이름의 카테고리 사이로 사건번호를 치고 로그인을 할 때마다 심장이 조여드는 것 같았지만 그냥 앉아만 있을 수는 없었다.

나는 피고인의 변호인 이름을 검색해 그가 대형로펌 소속인지 전문분야는 무엇인지 알아봤고, 그보다 열 배는 넘는 열정으로 담당검사에 대한 정보를 수집했다. 《법률신문》《리걸타임즈》, 모 대학 동문회 홈페이지까지 뒤져 성별, 나이, 경력, 언론 인터뷰를 모조리 확인했다. 그가 유능한 검사로 뽑힌 적이 있다는 사실을 알고 안도하기도 했다. 만약 판사의 이름도 알 수 있었다면 똑같이 했을 것이다. 성범죄에 대해 어떤 견해를 가진 사람일까? 강제추행 정도는 '사소한' 사건이라고 생각하면 어떻게 하지? 초범이고 깊이 반성하고 있으니 선처해 주겠다면…? 수많은 질문을 떠올리고 최악을 상상하거나 조금 낙관하거나, 롤러코스터를 타면서 알고 싶었던 건 하나, 그들이 '믿을 만한' 내 편이냐였다. 내가 기댈 건 법뿐이었으니까.

형사소송을 진행하는 동안 가장 자주 생각한 것은 '피해자다움'이라는 개념이었다. 사건 당시 나는 몹시 충격을 받았지만 놀라울 만큼 냉철하게 대처했다. 피해자 진술조서를 쓰는 내내 눈물 한 방울 흘리지 않았고 경찰이 빠뜨릴 뻔한 대목을 미리 지적하기도 했다. 그날 저녁 식사를 함께한 친구들과의 단톡방에 상황을 알릴 때도 별일 아니라는 듯 "ㅋㅋㅋㅋㅋㅋㅋㅋㅋ" 자판을 두드렸다. 그러나 동시에 불면증과 악몽에 시달렸다. 검거돼 유치장에 있어야 하는 남자가 나 모르게 풀려나 흉기를 들고 찾아오는 건 아닐까, 우리 집에 불이라도 지르는 건 아닐까 하는 비이성적 불안에 휩싸였다. 어두워진 뒤 혼자 집 밖에 나갈 때, 비어있는 집의 현관문을 열 때마다 어딘가에 숨어있을지도 모르는 누군가로부터 도망칠 준비를 했다.

수행비서 김지은 씨에 대한 성폭력 혐의로 기소된 안희정 전 충남도지사에게 1심 재판부가 무죄를 선고한 날이었다. 안희정의 변호인단이 "통상적인 성폭력 피해자는 당황, 수치, 분노, 좌절, 자책 반응을 보이는데 김 씨는 문제가 된 시점을 전후해 진정성 있게 업무를 잘 수행했고 정서적 동요나 실수 증가가 없었다"[1]고 주장했다는 기사가 머릿속에서 떠나지 않았다. 피해자답게 '보인다'는 것은 어떤 의미일까. 나는 '통상적인 성폭력 피해자'로 충분히 인정받을 만한 사람일까. 만약 명백한 물증이 없어 법정공방을 벌여야 했다면 어땠을까. 나의 침착함은, 나의 의연함은, 나의 센 척은 모두 감점 요소였을 것이다. 사람들 앞에서 울거나 소리치지 않고, 사건 현장 CCTV 복사본을 따로 챙길 만큼 용의주도하며, 친구들에겐 웃으며 이야기할 만큼 태연하다니. 이 여자는 '진짜' 피해자일까? 이 여자가 무슨 '피해'를 입었는지 모르겠는데?

결국 내가 '피해자다움'이라는 이미지에 가장 매달린 것은 재판부에 제출할 의견서를 쓸 때였다. 나의 결백과 (음주 상태가 아니었으며 성실하게 생활해온 기혼 여성이라는) '정상성'을 바탕으로, 존엄을 침해당한 분노보다 두려움과 고통을 강조하며 가해자를 엄벌해달라고 호소할 때마다 마음속 깊은 곳에서 모멸감이 고개를 들었다. 하지만 달리 어떻게 해야 나 자신을 구할 수 있는지 알 수 없었다. 전형적인 피해자 상에

---

1 김지헌 기자 "법원, 김지은 '피해자성' 불인정… '안희정 위력 없었다'" 《연합뉴스》 2018년 8월 14일

서 조금이라도 어긋나면 '순수한' 피해자로 인정받을 수 없을 거라는, 한국 사회에서 오랫동안 학습된 통념을 벗어나는 것은 너무 큰 모험이었다. 그리고 나는 '진정성'을 증명하기 위해 결코 합의(금)를 원치 않는다고 썼다.

가해자의 변호사를 통해 그와 그의 부모가 쓴 반성문 수십 통을 받은 날이었다. 평범한 가정의 귀한 아들인 그는 "술에 취해 아무것도 기억나지 않지만 죄송합니다" 따위의 내용을 매일 한 장씩 베껴 쓰고 있었다. 그가 우리 집 주소를 알 수도 있다는 공포로 제정신이 아니었지만, 정신과에서 처방받은 신경안정제를 먹고 또다시 재판부에 제출할 의견서를 썼다. 내가 트라우마에 시달리고 있다는 정신과 의사의 소견서도 빠뜨리지 않았다. 검사가 그의 일을 하듯 나는 나의 일을 할 생각이었다. 가해자에게 혼자 있는 여자는 그냥 만만한 범행 대상이었겠지만, 나는 마침 시간이 많고 싸울 준비가 된 페미니스트였다. 그놈이 앞으로 다른 여성에게 그런 짓을 할 마음을 먹지 못하도록 뜨거운 맛을 보여줄 생각이었다. 몇 달 뒤, 항소심에서 징역 10개월이 선고되었다. 실형을 원했던 나의 승리였다.

사건이 일어나기 전인 2016년, 트위터에서 "#문화예술계_내_성폭력"이라는 해시태그와 함께 피해자들의 폭로가 줄을 이은 적이 있었다. 당시 나는 성폭력 피해자를 위한 대응 매뉴얼을 기사로 쓰기 위해 한국성폭력상담소를 찾아가 자문을 구했다. 성폭력 사건 전반에 대처할 수 있는 기본적인 가이드를 만들 수 있도록 도와달라는 내게 상담활동가가 제일 먼저 건넨 조언은 다음과 같았다. "그런데, 성폭력 사건은 백 개면 백 개의 다른 사건이에요. 어느 하나도 '전형적'인 것은 없어요." 그래, 그렇겠지. 세상에 같은 사건이 어디 있겠어. 나는 당시 그 말을 충분히 이해했다고 생각했다. 그렇지 않음을 알게 된 것은 내가 사건을 경험한 뒤였다.

내가 성폭력 피해자가 된 다음 깨달은 사실은, 당사자가 아니면 결코 알 수 없는 것이 있으며, 다른 피해자와 내가 똑같은 감정을 느끼지 않거나 같은 방식으로 대처하지 않을 수도 있음을 이해해야 한다는 점이다. 성폭력 피해자의 내면은 너무나 복잡한 싸움터여서, 가끔은 스스로 이해할 수 없을 정도로 어지럽고 타인이 이해할 수 없는 선택을 하기도 한다. 사건 이후 적잖은 시간이 흐른 지금, 나는 상당히 괜찮다. 하지만 전부 괜찮지는 않다. 내 삶은 분명 그 3초의 순간 이전과 달라졌다. 나는 더 강해졌지만 아무도 모르는 곳에서 약해지곤 한다. 알지 않았으면 좋았을 감정들을 안고 살아가게 되었다. 나는 아직도 가끔 빈집에 돌아오면 좁은 집의 방문을 모두 열어보고 베란다와 옷장을 확인한다. 누구도 거기에 숨을 수 없다는 걸 알면서도 그렇게 한다. 어두워진 다음 혼자 산책하러 나가지 않고, 늦은 시간 귀가할 때는 인도를 벗어나더라도 CCTV가 비추는 자리를 따라 걷는다.

마지막으로 고백하자면 이 글에 내가 경험한 사건 전부가 담긴 것은 아니다. 기본적인 내용은 진실이지만 사소한 거짓을 섞었다. 나는 가명으로 피해자 진술조서를 썼지만, 가해자가 나에 대해 알아낼까 봐 여전히 두렵다. 내가 살아있는 동안 이 두려움을 완벽히 잊을 수 있을 거라고 기대하지 않는다. 그럴 때마다 경찰서 책상 위에서 곁눈질로 훔쳐봤던 가해자의 이름과 생년월일을 떠올린다. 그의 페이스북 활동이 어느 날부터, 왜 갑자기 중단됐는지 생각한다. 그는 나를 모르지만 나는 그를 알고 있다는 사실이 이상하게도 조금은 용기가 된다.

북토크의 손님

분명 세탁기를 돌린 지 며칠 안 지난 것 같은데 빨래 바구니에 수북하게 쌓인 양말과 속옷을 세탁기로 던져 넣으며 생각했다. 둘이 사는데도 이렇게 빨래가 많이 나오는데 엄마는 여섯 식구 빨래를 어떻게 다 했을까? 즉석국을 끓이고 조미김 봉지를 뜯어놓고 엄마가 담가준 김치와 함께 저녁을 먹으며 생각했다. 입이 깔깔하니 나물 같은 게 있으면 좋겠는데, 엄마는 어떻게 그 귀찮은 나물을 거의 매일 새로 데치고 무쳐줬지? 결혼 후에야 가사노동의 구체적인 무게를 확인하게 된 나는 뒤늦게, 그리고 수시로 부끄러워진다. 이 모든 일을 엄마에게 떠맡겨놓고 어떻게 그렇게 어른인 척, 잘난 척하며 살았던 걸까?

　나는 가족에게 내 얘기를 거의 하지 않는다. 회사를 그만뒀다거나, 책을 준비한다거나 하는 정도의 상황은 공유하지만, 어떤 주제에 대해 무슨 생각을 하며 사는지 별로 말하지 않는 편이다. 이것은 초등학교 때 학원을 빼먹고 도서관에 놀러 다니기 시작했을 때부터 부모님이 반대하는 직업을 가지며 서른을 훌쩍 넘기기까지, 혼날 일과 싸울 일을 피하다 보니 몸에 밴 오랜 습관이다. 물론 나 말고도 대부분의 자식이 나이를 먹을수록 부모와 '스몰 토크'만 하는 데 익숙하지 않을까 생각하지만.

　내가 쓴 첫 번째 책이 나왔을 때도, 나는 시부모님보다 오히려 내 부모님께 책을 드리는 게 더 민망하고 부담스럽게 느껴졌다. 가족들 앞에서는 페미니즘의 'ㅍ'도 꺼낸 적이 없는데, 그 책은 내가 몇 년 동안 고민하며 매달렸던 거의 모든 문제에 대해 상당히 솔직하고 조금은 과격하게 쓴 것이기 때문이었다. 미루고 미루다가 부모님께 토스하듯 후다닥 책을 드렸고, 다행히 며칠이 지나도록 아무도 책의 내용에 대해 다시 언급하거나 묻지 않았다. 출간 직전 아빠가 "니 책은, …거, 여성운동 …뭐 그런 거냐?"라고 물으신 적이 있는데, 내가 "응, 뭐. …그런 거지…"라고 대답한 뒤 죽음과도 같은 침묵이 흐르긴 했지만….

　내가 슬쩍 그어놓은 선을 성큼 넘어온 사람은 늘 그렇듯 엄마였다. "알라딘에서 하는 그 행사는 어떻게 갈 수 있는 거야?" 수년에 걸쳐 "네가 쓴 기사는 어디서 볼 수 있니?"라는 질문에 대충 웃으며 얼버무려왔지만 예상치 못한 기습에 당황할 수밖에 없었다. 게다가 이번에는 뭘 굳이 오려고 하시냐며 대강 때우고 넘어갈 수가 없었다. 집에 돌아온 다음, 엄마가 다시 카카오톡으로 "그 행사는 어떻게 가면 돼?"라고 물었기 때문이다.

　결정해야 했다. 그리고 생각할수록 답은 분명해졌다. 내가 뭐라고, 나라는 인간의 삶에 가장 큰 영향을 끼친 여성인 엄마를 내 얘기에서 배제할 수 있단 말인가? 내가 공부하고 일하는 동안 내 생활의 상당 부분은 엄마의 노동으로 지탱되었다. 이것은 '효'의 문제 이전에 내가 페미니스트로 어떻게 살 것인가에 대한 또 하나의 질문이기도 했다. 페미니스트로서의 나를 잘 알지 못하는 여성에게 '저 사람은 말해도 모를 거야' 또는 '동의하지 않을 거야'라며 스스로 지레 마음을 닫아버리고 대화의 범주를 축소해버리는 것이야말로 너무 오만한 태도가 아닐까? 나와 가까운 누군가를 존중한다면 그 사람이 나를 좀 더 볼 수 있도록 내가 노력해야 하지 않을까? 어떤 결과를 가져오든 그게 진짜 시작이지 않을까?

놀랍게도, 엄마 앞에서 내 경험과 고민과 분노와 선택에 관해 이야기하는 것은 생각만큼 어렵거나 민망하지 않았다. 약간은 후련하기도 했다. 북토크를 마치고, 마지막까지 남아있던 엄마에게 궁금함 반, 쑥스러움 반으로 다가갔을 때 엄마가 말했다. "차분하게 말 잘하데? 근데 생각만큼 사람이 많이 안 온 것 같애. 길 찾기가 어려워서 그런가?" 엄마 딸이 그렇게 유명한 작가가 아니라서 그렇다고 하려다 말았다. 함께 버스를 타고 돌아오는 길에도 엄마는 내게 아무것도 묻지 않았다. 대신 현장에서 책을 세 권 더 샀다고 하셨다. 원불교 교무님들에게 선물할 거라고 했다. 그게 너무 엄마다워서 나는 웃었다.

페미니즘의 속도

—

　여성단체 W의 사무실은 오래된 상가 꼭대기 층에 있었다. 지하철역에 내려 지도 앱을 켠 채 아파트 단지 사이를 10분 정도 걸어가자 치킨집, 숯불갈비집, 부동산, 미용실 간판이 나란히 붙어있는 건물이 나왔다. 엘리베이터를 타고 올라가 어두운 복도 끝 사무실 문을 열었을 땐 아슬아슬하게 강연을 시작할 시간이었다.

　강연의 청중은 여자 중학생들일 때도, 남자 고등학생들의 어머니 모임일 때도 있다. 내가 늘 비슷한 얘기만 늘어놓는 것 같아 민망할 때도 있지만, 또 어떤 사람에겐 아주 낯선 얘기일 수도 있다고 하니 기회가 주어지는 한 달려가 마이크를 잡는다. 그날 강연도 그런 얘기였다. 예능 속 성비 불균형, 여성만을 향한 미디어 속의 이중잣대, 드라마 속 이성애 로맨스의 클리셰에서 읽을 수 있는 폭력성의 문제 등.

그런데 진짜 중요한 일은 그다음에 일어났다. 강연을 마친 뒤 커피나 한잔하고 가시라는 말씀에 어색하게 앉아있는데, 오십 대 후반쯤으로 보이는 활동가가 물었다.

"선생님, 『김지은입니다』 읽으셨어요?"

헉, 출간 후 두 달이 다 지나도록 나는 그 책을 읽지 못하고 있었다. 2018년 3월, 김지은 씨가 안희정 전 충남도지사의 위력에 의한 성폭력을 고발한 뒤 우리 사회에서 일어난 일들은 고작 제삼자에 불과한 내게도 큰 상처가 되었다. 피해자의 용기 있는 목소리는 언론의 선정적인 보도와 대중의 여성혐오적 시선 속에서 끊임없이 짓밟혔고, 그 믿고 싶지 않은 광경과 계속 마주하면서 나는 인간에 대한 신뢰를 잃고 있었다. 특히 『김지은입니다』가 출간됐을 즈음 페이스북에서는 김지은 씨를 향해 모욕적인 발언을 내뱉는 중장년층들이 부쩍 많이 눈에 띄었다. 나란 사람을 알지도 못할 그들이 너무 미워 차단 버튼을 계속 누르면서도 나는 정작 『김지은입니다』를 외면했다. 멀리서 봐도 견디기 힘들었을 그의 고통에 다가가 직면하는 것이 너무 두려워서였다.

"아… 읽어야 되는데, 아직….."

그러면서 무슨 페미니스트라고 강연씩이나 하고 다니느냐고 생각할까 봐 지레 찔려 어색한 미소와 기어들어가는 목소리로 대답했지만, 그는 딱히 신경 쓰지 않는 듯했다. 다만 힘주어 말할 뿐이었다. "꼭 읽어보세요. 그거는, 온 국민이 다 읽어야 하는 책이에요." 단체의 좌장 격인 듯한 그는 지나가는 활동가나 회원이 보이는 족족 붙들고 말했다. "『김지은입니다』 읽었어? 왜 안 읽어? 얼른 읽어. 독서모임 하게." 나는 슬슬 그가 좋아지기 시작했다.

물론 그렇다고 거기서 또 밥까지 먹게 될 줄은 몰랐다. 점심시간이 되긴 했지만, 배가 좀 고프기는 했지만, 원래는 얼른 인사를 하고 나가 근처 분식집에서 나의 소울푸드인 라볶이에 김밥 세트나 먹을 생각이었다. 그런데 식사하고 가시라는 말에 사양 한번 안 하고 스윽 눌러앉은 건 사실, 그곳이 마음에 들었기 때문이었다. 정확히는 W의 회원과 활동가들에게서 느껴지는 활기와 환대의 기운이 나를 붙들었다.

원래는 식탁이 아니었겠지만, 어느 순간부터 자연스럽게 식탁으로 쓰였을 것 같은 긴 탁자에 빼곡하게 반찬들이 놓였다. 아까부터 싱크대에서 분주하게 물소리가 나더니 엄청난 양의 쌈 채소가 수북하게 쌓였다. 텃밭에 심은 상추가 너무 많이 나서 잔뜩 가져왔다고 했다. 30~50대 사이인 듯한 여성 대여섯 명은 사무실 냉장고와 쇼핑백, 가방에서 반찬통과 비닐봉지를 끝없이 꺼냈다. 시어머니가 택배로 보내셨다는 김치, 친정엄마가 만드셨다는 장아찌, 같이 먹으려고 만들어왔다는 불고기, 몇 가지 종류의 나물, 된장과 고추장… 마치 쌈밥집에 온 것 같았다.

검정콩이 잔뜩 들어간 잡곡밥을 먹으며 나는 식탁에서 오가는 대화에 귀를 기울였다. W는 지역에 진보적인 여성단체가 필요하다고 생각한 몇몇 사람들이 모여 만든 곳으로, 여성주의 활동뿐만 아니라 세월호 유가족과의 연대활동에도 집중적으로 참여하고 있다고 했다. 한참 세월호 진상규명에 관해 목소리를 높이던 '좌장'이 다시 『김지은입니다』로 화제를 돌렸다. "내가 우리 식구들한테도 다 읽으라고 했거든. 근데 아들놈이 안 읽고 나한테 며칠 전에 물어보는 거야. '그러니까 김지은이 나쁜 놈이야, 안희정이 나쁜 놈이야?' 그래서 내가 화악 그랬어. '안희정이 X새끼지!'" 입안에 쌈을 가득 넣은 채 웃으며 안 웃는 척하느라 얼굴이 일그러졌다.

배구선수처럼 키가 훤칠하고 숏커트가 시원시원해 보이는 여성이 내게 하소연했다. "선생님, 저는 아까 강연 진짜 잘 들었는데요. 우리 딸이 중학생이거든요. 그런데 맨날 한 시간

반씩 화장을 해요. 엄마는 탈코를 했는데 얘는 화장 안 하면 밖에도 안 나간대요. 아주 미치겠어요." 나는 또 머쓱하게 웃으며 "아… 요즘 학생들은 정말 화장을 많이 하더라고요" 따위의 비전문가 같은 말밖에 할 수가 없었다. 실제로 비전문가니까…. 다행히 그는 나에게 특별한 솔루션을 기대한 것 같지는 않았고, 딸과도 무척 친한 사이인 것 같았다.

나와 비슷한 또래거나 조금 어린 듯한 여성이 그 얘기를 꺼낸 것은 식사가 끝나갈 무렵이었다. 온라인에서 인지도를 얻은 남성이 자신의 팬인 여성을 성적으로 착취한 사건이 당시 화제였는데, 남편과 그 일에 관해 얘기하다 다퉜다는 것이었다. 그가 억울한 표정으로 말했다. "나는 남자가 잘못한 거 같은데, 애들 아빠가 둘 다 똑같다고, 끼리끼리 만난 거라 그러는 거예요. 여자가 조심성 없이 남자 만난 것도 잘못이라고. 그래서 내가 아니라고 했더니 막 짜증을 내서 더 말을 못 하겠는 거야. 근데, 진짜 남자가 나쁜 짓 한 거 아니에요?" 그의 말이 끝나기가 무섭게 숏커트 여성이 말했다. "당연히 그놈이 잘못했지!" 좌장도, 같이 밥을 먹던 회원들도 웅성웅성 분노의 말을 얹었다. 그 순간 내가 본 것은 풀 죽은 얼굴에서 거짓말처럼 환해지던 그 여성의 표정이었다. "그렇죠? 그 남자가 잘못한 거 맞지?"

그것은 무엇이었을까. 그렇게 확 밝아지던 그 여성의 표정과 그 변화를 목격한 내가 느낀 기분은. 가부장적인 남편을 '이기지는' 못했지만, 그가 뭐라 하던 자신의 생각을 바꾸거나 포기하지 않은 그 여성에게 네가 옳다고 지지해주는 다른 여성들의 존재는 얼마나 큰 힘일까. 음식을 나눠 먹고 고통받는 타인과 연대를 모색하며 서로의 이야기를 들어주던 W의 여성들은 그날 내게 보여주었다. 모든 여성이 같은 삶의 조건 아래에 있지 않기에 페미니즘의 속도 역시 사람마다 다를 수밖에 없지만, 우리는 같은 방향을 향해 가고 있음을 말이다.

맞는 안경을 쓴 기분

—

　교육장을 가득 메운 오십여 명의 낯선 사람들을 보고 잠시 생각했다. 그냥… 집에 갈까? 회사를 그만두고 집에 틀어박혀 지낸 지 1년 만에 주기적으로 집 밖에 나오기로 한 것은 한국여성의전화에서 진행하는 성폭력전문상담원 교육을 받기 위해서였다. 매주 목요일과 금요일, 오전 10시부터 오후 5시까지, 버스-지하철-지하철-도보로 한 시간 반 거리. 귀찮을 것 같았지만 미루기에는 마침 시간이 너무 많았다. 삼십몇 년째 한국에서 여성으로 살며 확인한 것은 내가 아무리 '조심'해도 성폭력을 피할 수 없다는 사실이었다. 아주 기본적인 정보를 알고, 마음의 준비를 해두는 것만으로도 회복 속도가 달라질 수 있음을 느낀 뒤로는 누군가를 돕고 싶다는 생각이 들었다. 안락한 이불 속으로 돌아가고 싶은 마음을 애써 누르고, 새 학기 강의실처럼 묘한 긴장이 감도는 책상 사이를 지나 빈자리에 앉았다. 평생 다섯 손가락 안에 들 만큼 잘한 결정이었다.

사실 나에겐 꽤 오랜 숙제가 있었다. 내가 가장 좋아하는 범죄소설은 스웨덴 작가 마이 셰발과 페르 발뢰가 쓴 『웃는 경관』인데, 페미니즘에 대해 고민하게 된 뒤로 문득 혼란스러워졌다. 작품 속 장기 미제사건인 '테레자 살인사건' 때문이다. 엄격한 가톨릭 중산층 집안의 기혼 여성 테레자는 한 남성으로부터 강간당한 뒤 (작품 속 표현을 빌리면) 이른바 '색광'이 된다. 집을 뛰쳐나와 수백 명의 남자와 성관계를 갖고 성매매를 하며 살아가던 그는 어느 날 길가 풀숲에서 시체로 발견된다. 나를 찜찜하게 만든 건 이런 의문들이었다. 여성이 강제적 성관계에서 쾌감을 느끼고 섹스 중독자가 된다는 설정을 어떻게 받아들여야 할까? 혹시 이 소설이 성폭력 생존자에 대한 왜곡된 시각을 담고 있는 건 아닐까? 그렇다면 나는 이 이야기를 계속 좋아해도 될까?

실마리를 얻은 것은 "성폭력 생존자의 트라우마" 강의에서였다. 생존자가 모든 욕구를 성행위로 충족시키는 경우, 성적인 관계가 인간관계의 전부인 경우, 성적인 관계와 정서적 친밀함을 함께 갖기 어려워하는 경우도 트라우마 증상의 일종일 수 있으며, 그러므로 이를 '피해자답지 않다'고 봐서는 안 된다는 설명을 들으며 머릿속 한편에 드리운 안개가 걷히는 기분이었다. "성폭력 생존자는 피해 사실을 진지하게 말하는 것이 너무나 고통스럽기에 웃음이라는 강력한 회피 기능을 사용하기도 한다"는 말씀에서는, TV 속 어느 생존자의 웃는 듯 멍한 듯 혼란스럽던 표정이 떠오르기도 했다. 그리고 교육이 진행될수록 알게 되었다. 내가 여기서 배운 가장 중요한 것은 남을 돕는 방법이 아니라 나 자신과 나를 둘러싼 세계를 좀 더 깊게 이해할 수 있는 눈이라는 걸.

국회 견학을 갔던 날, 우연히 옆자리에 앉았던 여성과 지하철역까지 함께 걸었다. 결혼했고 아이가 하나 있다는 그는 화요일과 수요일에 열리는 가정폭력전문상담원 교육을 듣고 있었다. 그 역시 여성주의를 만나면서 자신의 삶에 대해, 무엇이 부당했고 왜 그런 일이 일어났는지 좀 더 이해할 수 있게 됐다고 말했다. "그동안 눈앞이 뿌옇게 보였는데, 이제야 맞는 안경을 쓴 기분이에요." 이름도 알지 못한 채 헤어진 그의 말을 종종 생각한다. 그리고 나의 안경에 비친 세상이 너무 끔찍해 도망치고 싶은 날에는 나직하지만 단호하던 그의 목소리를 떠올린다. "앞으로는 뭘 하든 예전과는 달라질 거예요."

악플에 대처하는 자세

○○○ 님 안녕하세요.

최지은입니다.

보내주신 메시지를 제가 너무 늦게 확인해서 답장이 늦었습니다.

저로서도 뭐라 말씀드려야 할지 참 어려운 문제에 관해 이야기 들려주셔서 망설이다가 씁니다.

자기 생각을 또렷하게 말하는 여성, 페미니스트로서 글 쓰는 여성에 대한 비난과 위협은 너무나 뿌리 깊은 문제고 또

곳곳에서 일어나는 일이다 보니 정말 답을 찾기가 어렵습니다. 그리고 사람마다 상황이 좀 다르기도 하지요.

제 경우에는 여대를 졸업했고 기자로 일하다가 2015년 이후 본격적으로 대중문화 속 여성혐오에 관한 기사나 칼럼을 쓰게 되었습니다. 대학 때 학내 언론에서 활동하기도 했지만, 일단 제가 속한 공간에서는 남성 시선을 의식하거나 걱정하지 않아도 되었어요. 그리고 기자로 일하면서 온라인 반응에 어느 정도 단련된 상태에서 페미니즘 관련 글을 쓰게 된 것입니다. 그즈음 저는 삼십 대 중반이었고, 지금도 그렇지만 별로 유명한 사람이 아니기 때문에 악플러들이 저를 개별적으로 주목한 적은 거의 없습니다. 그냥 그들이 모든 페미니스트 기자에게 다는 흔한 악플이 대부분이지요. 얼마 전 제가 출연한 한 유튜브 영상에도 남성들의 악플이 좀 달리긴 했지만 그 또한 좀 관성적인 내용이라서 크게 신경 쓰이지는 않습니다.(물론 전혀 신경 쓰이지 않는 것은 아닙니다.)

그런데 ○○○ 님께서는 아마도 이십 대 여성이실 텐데, 제가 느끼는 여성혐오 악플러들의 특징 중 하나는 '젊은 여성'에게 유독 더 가혹한 공격을 퍼붓는다는 점입니다. 여러 이유가 있겠지만 그들은 나이 든 여성에게 관심이 적고, 젊은 여성은 더 취약한 존재라고 여기기 때문에 그런 것 같습니다. 필자의 신상이나 사진이 기사에 들어있는 경우에는 인신공격이 더 심해지는 것 같고요. 어떤 사이트에 소위 '좌표'가 찍히면 몰려와서 악플을 쏟아내는 사람들도 있을 겁니다. 그렇게 해도 그들은 가책을 느끼지 않고, 자신이 처벌받을 거라고 생각하지도 않을 테니까요.

문제는 거의 모든 글 쓰는 여성들이 이런 일을 겪는다는 점입니다. 심지어 페미니즘이 주제가 아니어도, 이를테면 언론사 정치부에 소속돼 정치 관련 기사를 쓰는 여성 기자들에게도 엄청나게 심한 욕설과 인신공격성 메일이 온다고 합니다. 외국에서도 필자의 성별에 따라 독자들의 부정적 반응이 달라진다는 기사를 예전에 읽은 적이 있어요. 정도의 차이가 있을 뿐, 여성은 사람들의 눈에 띄면 공격당합니다. 틀린 말을 하지 않아도 그렇다는 것을 경험으로 아실 거예요. 그냥 페미니스트들이 늘상 겪는 일인 것이죠. 수십 년째 이름과 얼굴을 드러내고 활동하는 여성주의 연구자, 활동가 선생님 들도 글을 쓰거나 발언할 때마다 끝없는 악플과 마주하시는 것 같더라고요. 일간지 같은 매체에 칼럼을 쓰는 페미니스트 동료들 역시 포털사이트의 밑도 끝도 없는 악플 외에 글의 내용에 관한 피드백을 볼 수 없다며 허탈해합니다. 저 역시 글을 쓰고 나서 온라인 반응은 가급적 보지 않으려고 합니다. 악플을 다는 일은 너무 쉽고, 돈도 들지 않거든요. 저는 우리 사회에서 여성혐오가 일종의 레포츠가 됐다고 보는 편입니다. 악플은 여성혐오자들이 가장 즐기는 놀이인 거죠. 이 건방진 여자를 욕함으로써 내가 우위에 섰다고 정신승리 할 수 있으니까요.

그런데 이것이 실제적인 위협이 될 수도 있다고 느끼신다면 굉장한 스트레스를 받고 계신 것 같습니다. 정말로 한국 남성들의 여성 대상 폭력은 언제 어디로 향할지 모르기 때문에 안심할 수 없는 상황이죠. 사실 저도 몇 년 전 책을 내고 북토크를 진행하던 당시 엄청난 공포에 휩싸인 적이 있습니다. 당시 어떤 사건 때문에 남성의 위협에 대한 스트레스가 무척 컸는데, 객석에 얼굴을 가린 남성이 앉아있는 걸 보고 너무 놀랐던 거죠. 행사가 끝나고 나서야 그분이 그냥 독자였다는 걸 알게 됐지만, 그 순간에는 정말 '내가 여기서 죽는 게 아닐까'라는 생각이 들기도 했으니까요. 그리고 이런 두려움을 저만 가지고 있는 게 아니라는 사실도 알게 되었습니다. 다른 여성 작가분도 오픈된 공간에서 불특정 다수의 사람과 만나는 자리를 두려워하신다는 얘기를 들었거든요.

그러니 ○○○ 님께서도 충분히 걱정하실 수 있다고 생각합니다. 악플러들이 위협을 실행에 옮기든 옮기지 않든 심적으로 위축되는 것도 너무나 당연한 일이에요. 제가 학생이던 시절과 달리 요즘은 온라인에서 개인정보를 알아내기가 훨씬 쉬워졌기 때문에 더욱 그럴 것 같습니다. 행여 위축되는 스스로에 대해 자책하거나 실망하지 않으셨으면 합니다.

글을 내릴 것인지, 페미니즘에 관한 글을 그만 쓸 것인지에 대해서는 온전히 ○○○ 님께서 원하시는 방향으로 결정하시면 좋을 것 같습니다. 만약 글이 내려가 악플러들이 공격을 멈춘다면 좋을 것 같지만, 그렇지 않을 수도 있습니다. 악플러들은 '신상털이'와 '박제' 자체를 즐기고 상대가 두려워하는 상황을 노리며 행동하기도 합니다. 악플러들의 성격이 특정 커뮤니티 중심인지, 불특정 다수인지(다음이나 네이버 댓글 등), ○○○ 님의 생활공간과 교집합이 있는지(에브리타임 등)에 따라 다른 대처가 필요할 수도 있습니다.

그런데 어떤 선택도 패배나 잘못이 아니라고 생각합니다.

글보다 중요한 게 있다면 글 쓰는 사람의 삶이니까요. 페미니즘은 평생 함께할 가치라고 생각하기 때문에 각자 지금 자신이 할 수 있는 만큼 하면서 견디는 게 중요하다고 생각합니다. 글쓰기 외에도 우리가 할 수 있는 페미니즘적 실천은 다양하니까 글에서 벗어나 자신을 지키고 회복하는 시간을 가지셔도 좋을 것 같습니다.

그리고 심각한 악플러의 경우 형사고소도 불가능한 것은 아니니 최후의 수단인 '법으로 조진다!'라는 마음을 가지셔도 괜찮습니다. 실제로 고소를 진행하지 않더라도, 그 방법이 있다는 걸 알고 있으면 기분이 한결 나아지더라고요.

길게 썼지만, 별다른 답을 드리지는 못한 것 같습니다. 다만 ○○○ 님이 겪으시는 괴로움이 혼자만의 것이 아니고, 그것은 ○○○ 님의 잘못이 아님을 잊지 않으셨으면 합니다.

안녕히 계세요.
최지은 드림.

엄마에게 화내지 않고
카카오톡을 가르친다는 것

—

    엄마가 카카오톡을 시작한 것은 2015년이었다. 요금을 아끼려 2G폰을 고집했지만, 결국 "나만 카톡을 못 쓰니까 친구들이랑 모임 사람들이 연락하기 너무 불편하대"라며 백기를 든 것이다. 내가 쓰지 않는 구형 스마트폰에 기꺼이 앱을 깔아드렸는데, 그것이 시작이었다. "친구를 초대하려면 어떻게 해야 돼?"(설명한다.) "사진은 어디를 눌러야 보내지는 거야?"(시범을 보인다.) "내가 보낸 내용을 얘가 봤는지 어떻게 알아?"(숫자 1이 사라지면… 5분 후.) "일대일 대화를 어떻게 시작한다고?"(다시 설명한다.) "앨범을 어떻게 찾는지 모르겠네."(사진을 신경질적으로 클릭한다.) "주소록에 입력한 사람이 왜 친구로 안 뜨는 거야?"(아까 적어줬잖아!) …펑!

이상하게도, 부모님에게 IT기기 사용법을 가르쳐드린다는
건 애인에게 운전을 가르치는 것만큼이나 급속히 갈등을 유
발하는 일이다.(그럴까 봐 내가 운전을 안 배웠다.) 정확히 말하
면 가르치는 쪽이 쉽게 화를 내게 된다. 사회생활을 하며 갈
고닦은, 혹은 억지로 짜내기라도 했던 참을성은 사라지고, 같
은 말을 두 번 이상 하는 순간부터 언성은 높아지고 표정은
굳어진다. "아니, 이걸 몇 번을 말해?" 성질을 못 이겨 소리라
도 버럭 지르고 돌아서면 그 순간부터 후회뿐이다. 별것도 아
닌데 왜 화를 냈을까. 먼 훗날 지독히도 자책할 텐데, 곁에 계
실 때 잘 챙겨드려야지. 대단한 효도는 못 해도 작은 일부터,
다짐하다가도 "여기, 이상한 게 또 떴는데?" 소리가 들리면
발걸음부터 쿵쾅대며 뛰쳐나가 "아, 왜, 또!"를 외치고 다시
후회하기가 무한 반복되는 것이다.

불행 중 다행이랄 것까지는 없지만, 이 불효의 굴레에 나만
끼어있지는 않은 것 같다. 카카오톡으로 동창 모임도 열고 자
식 청첩장과 손주들 사진도 주고받는 세상에 들어가 자리 잡
기 위해서는 안내자가 필요하다. 지방자치단체에서도 '어르
신들을 위한 스마트폰 활용법' 같은 강의를 종종 개설하지만,
아무래도 믿을 건 자식이다. 그런데 자식은 자신의 보호자였

던 부모에게 뭔가를 가르쳐야 하는 상황이 낯설고 당황스럽다. 심지어 자신에겐 너무나 간단한 것도 부모님은 영 이해하지 못하니 괜히 목소리가 높아진다는 게 주변 모두의 고백이었다.

한 후배는 어머니에게 스마트폰 사용법을 가르쳐드리다 답답한 마음에 툴툴댔는데, 어머니가 "나는 너한테 한글 가르칠 때 한 번도 짜증 낸 적 없다"라며 서운해하셨다고 했다. 그러고 보니 엄마는 내가 어릴 적 높은음자리표를 좌우 바꿔 그렸을 때는 물론, −(마이너스)가 '빼기'라는 뜻이면서 '음수'이기도 하다는 개념을 깨칠 때까지 혼내지 않고 참을성 있게 설명해준 사람이었다. 결국, 후배는 어머니에게 '이십 대처럼 스마트폰 활용하기' 같은 책을 선물해드렸고, 나는 엄마의 수첩에 카톡 사용 방법을 하나하나 적어드리면서 영화 〈8월의 크리스마스〉의 정원(한석규)을 생각했다. 아버지에게 VCR 사용법을 설명하다 울컥해 방을 나가버리고, 속상한 마음에 잠 못 이루다 종이에 커다랗게 VCR 조작 순서를 적어 남기던, 아버지보다 먼저 세상을 떠날 남자.

수능을 마치고 나서 겨울방학이었던 것 같다. 종일 집에 틀어박혀 H.O.T. 자료만 뒤지고 있는 딸을 보다 못한 부모님은 동네 복지관의 '컴퓨터와 인터넷 활용의 기초' 수업에 나를 등록시켜버렸다. 한 반에 스무 명쯤, 나를 제외한 거의 모든 수강생이 노인이었던 교실의 풍경 말고는 아무것도 기억나지 않는다. 아니, 딱 하나 잊지 못하는 순간이 있다. 우리는 '더블 클릭'에 대해 배우고 있었다. 마우스 왼쪽 버튼을 두 번 연속 딸깍딸깍 누르는 간단한 동작. 이렇게 쉬운 것까지 가르쳐주다니 너무 기초 아니냐 생각하며 여유를 부리고 있는데, 옆에 앉아있던 할머니가 내 팔을 잡더니 당황한 얼굴로 물으셨다. "두 번 누르라고 해서 두 번 눌렀는데 이게 왜 안 되지?"

어디 가도 빠지지 않을 기계치인 내게도 컴퓨터는 그리 낯설지 않은 물건이었다. 컴퓨터 학원이 우후죽순 생겨나던 초등학교 때는 도스를 배웠고(커서를 움직여 동그라미와 하트를 그렸을 뿐이지만), 학교에도 컴퓨터실과 컴퓨터수업이 따로 있었다. 고등학교 때는 거실 컴퓨터로 새벽마다 몰래 PC통신 나우누리에 들락거렸고 친구들과 3.5인치 플로피디스크에 팬픽을 저장해 주고받았다. 하지만 기초반에 찾아온 노인들은 컴퓨터 자체가 낯선 세대였다. 나처럼 손가락이 빠르게 움직이지 않아 마우스를 '딸깍, 딸깍' 누를 수밖에 없었던 옆자리 할머니가 더블 클릭의 개념을 이해하지 못하는 것은 당연했다. 마우스 위로 할머니의 손을 잡고 '딸깍딸깍'은 이런 느낌이라고 가르쳐드리면서, 나는 뭔가를 더 아는 사람이 아니라 어떤 세계를 몰랐던 사람이라는 걸 알게 되었다.

그리고 내게 자전거 타는 방법과 현미경 사용법 등 세상 모든 것들의 작동 원리를 가르쳐주셨던 아빠가 난감한 얼굴로 조그만 캡이 씌워진 로션 통을 내밀며 "이런 건 어떻게 여냐?"라고 물으셨을 때는 올 것이 왔음을 받아들일 수밖에 없었다. 이제 빠르게 변하는 세상에서 부모님이 뒤처지거나 단절되지 않고 살아가실 수 있도록 돌봐드릴 차례가 된 것이다. 그것은 초고령 사회로 향하고 있는 세상에서 나이 들어가는 개인으로서도 의미 있는 깨달음이었다. 나이 든 세대가 정보와 기술로부터 소외되지 않아야만 보다 독립적인 생활, 아래 세대와의 더 온전한 소통이 가능하다. 새로운 개념에 익숙하지 않을 뿐이니 단번에 알아듣지 못하는 것도 당연하다. 무엇보다, 나 역시 언젠가는 젊은 누군가의 도움이 필요한 노인이 될 것이다.

지난여름, COVID-19 백신 1차 접수가 시작됐을 때 부모님 댁에 간 적이 있다. 두 분 모두 웹서핑이나 유튜브 시청 등에는 익숙하셔서 걱정하지 않다가 혹시 몰라 여쭤보니 "신청이… 된 거 같기는 한데…"라는 미심쩍은 대답이 돌아왔다. 사이트에 다시 들어가 첫 단계부터 입력해보니 마지막 접수 확정을 위한 팝업창의 '확인' 버튼이 보이지 않았다. 부모님은 그 상태에서 창을 닫고는 신청이 완료된 줄 아셨던 것이다. 딱히 고민할 것도 없이 무의식적으로 'F11' 키를 누르자 팝업창이 세로로 길어지며 '확인' 버튼이 나타났다. 클릭. 접수 완료와 함께 부모님이 환호성을 지르셨다. "이야~ 넌 어떻게 이런 것도 다 아냐?" "우리 딸 가르쳐놓은 보람이 있네!" 단축키 하나로 올림픽 금메달이라도 딴 것처럼 칭찬받자니 머쓱했지만, 다시 오지 않을 이 영광을 그냥 즐기기로 했다.

슬럼프에서 기어나오기

―

스마트폰이 없던 시절 다른 사람들은 화장실에서 무엇을 읽었을까? 변기에 앉아 샴푸통 뒷면의 깨알 같은 글자라도 읽지 않으면 지루해 못 견디는 어린이였던 나는 가끔 궁금하다. 궁금한 건 또 있다. 학교 도서실의 반공 도서는 물론 남의 집 책장의 먼지 쌓인 전집부터 버려진 잡지까지 게걸스레 읽어대던 어린 독서광들은 지금도 그렇게 살고 있을까? 나는 아닌데.

지난 몇 년간 나의 비밀은, 내가 책을 그리 많이 읽는 사람이 아니라는 사실이었다.(그럴 줄 알았다고?) 어쩌다 보니 책을 내는 바람에 '작가'라는 직함이 생겼지만 늘 이 이름이 어색하다. 그럴듯한 타이틀 뒤에 숨겨둔 얄은 지식과 둔감한 사고가 언제 드러날지 두려워서다. 게다가 다른 작가들은 왜 그렇게 책도 많이 읽고 지적인지, 인문학 공부를 안 한 사람은 아무래도 나쁜인 것 같다는 생각이 들 때마다 가슴이 꽉 조여든다.

사태가 더욱 심각해진 건 몇몇 출판사에서 내게 책을 보내주기 시작하면서부터다. 문학, 철학, 사회학, 여성학 분야의 다양한 신간이 책상 위에 쌓이는 걸로도 모자라 방바닥에 탑을 지어갔다. 그중 한 친절한 담당자는 내게 미리 메일을 보내기도 했는데, 나는 진심으로 감사하다는 답장을 공들여 쓴 다음 막상 그 책이 도착했을 땐 펼쳐보지도 못했다. 한번은 유명한 여성 철학자의 책을 받았는데, 내가 그 사람에 대해 아는 건 이름뿐이라는 사실을 실토하지 않느라 무척 힘이 들었다. 그 멋진 책은 내 노트북 바로 옆에 꽂힌 채 6개월 동안 죄책감만 자극하다 옆방 책꽂이로 옮겨졌다.

책들로부터 도망친 이유는 무엇보다 내 무지함을 들키고 싶지 않아서였다. 책을 보내는 쪽에서는 (호의적인) 감상평을 SNS에 올려줄 것에 대한 기대도 있을 게 분명한데, 일단 내가 이 책을 이해할 수 있을지 자신이 없었다. 어려운 글을 잘 못 읽는 데다, 스마트폰 중독자답게 바닥인 집중력으로 어떻게 이걸 다 읽지? 읽고 나서 혹시 내가 멍청한 말을 해버리면 어떡하지? 나이를 이만큼 먹은 데다 명색이 작가인데 읽기도 쓰기도 자신 없으니 앞으로 어떻게 살지? 자괴감에 우울과 무기력이 겹쳐 아무것도 할 수 없는 날이 이어졌다.

그런데 일을 하지 않으니 시간이 많았다. 너무 많았다. 심심했던 어느 날, 따릉이를 타고 도서관에 갔다. 서가 사이를 서성이며 가벼우면서도 신중한 마음으로 책을 골랐다. 나를 나로부터 떼어놓을 수 있는 이야기면 무엇이든 좋았다. 백팩 가득 낯선 책을 담아 집에 돌아오면 부자가 된 기분이었다. 어떤 책은 손도 대지 않은 채 반납했고, 어떤 책은 조금 읽다가 덮기도 했다. 필요해서 고른 책이 아니니 그래도 괜찮았다. 그중에서도 나를 특별히 압도한 책은 마거릿 애트우드의 『그레이스』였다. 그 유명한 『시녀 이야기』를 쓴 페미니즘 문학의 거장, 이 위대한 작가의 작품을 하나도 읽은 적 없다는 것 역시 (아무도 신경 쓰지 않겠지만) 나 혼자만의 비밀이었다. 혹시 재미가 없으면 어쩌나 하는 걱정은 그레이스와 가족들이 아일랜드에서 캐나다로 이주하는 배 위의 숨 막히는 묘사와 함께 뱃전에 부딪히는 물보라처럼 흩어졌다.

영화 〈브로크백 마운틴〉의 원작자 애니 프루의 책 『시핑 뉴스』 역시 우연히 건진 보물이었다. 세상에서 제일 운 나쁜고, 괴상하지만 사랑할 수밖에 없는 사람들이 모인 황량한 섬 마을 이야기에 나는 정신없이 빠져들었다. 나라는 사람이 너무 하찮게 느껴져 잠이 오지 않는 날 새벽에는 메이브 빈치의 『체스트넛 스트리트』를 읽었다. 평범한 사람들의 삶에 깃든 아이러니와 기쁨과 슬픔이 서른일곱 편의 단편에 담긴 소설집이다.

책이 주는 즐거움과 위안을 온전히 느낀 것은 오랜만이었다. 나는 그냥 읽기만 하면 되었다. 무엇도 증명할 필요가 없었다. 어떤 책들은 내가 그냥 이것밖에 안 되는 사람이어도 괜찮다고, 인간의 삶이란 이렇게나 하찮고 우스꽝스럽지만 누구에게나 자기만 아는 빛나는 순간이 있다고 말해주었다. 나는 그렇게 천천히 기운을 얻어 동굴에서 빠져나왔다.

얼마 전 "슬럼프는 어떻게 극복하세요?"라는 질문을 받은 적이 있다. 대체로 극복과는 거리가 먼 인생을 살아왔지만, 그 순간 한 가지 방법은 말해줄 수 있겠다는 생각이 들었다. 삶이 불안하고 막막하게 느껴질 때, 목적 없는 독서는 꽤나 괜찮은 약이라고.

우리는
연대하기 위해

—

　범죄 이야기를 좋아한다. 범죄소설은 물론, 악취미라 생각하면서도 미제사건 시리즈나 강력범죄 기사를 열심히 읽는다. 끔찍하거나 기묘한 범죄사건을 집중 조명하는 팟캐스트도 찾아 듣곤 했다. 그런데 점점 견딜 수 없어졌다. 여성 대상 잔혹 범죄를 묘사하며 묘하게 신난, 범인을 향해 비분강개하는 동시에 흥분감을 감추지 못하는 남성 진행자들의 태도를 눈치챈 뒤부터다.

　판사였던 남성이 쓴 책을 읽은 적이 있다. 한 남성이 버스 옆자리 여성을 강제추행해 기소된 사건을 회상하며 그는 '오십 대 총각'인 피고인이 얼마나 우스꽝스럽게 멋을 내고 법정에 출두했는지, 얼마나 어설프게 자신을 변호했는지 흥미진진하게 묘사했다. 나이 든 그의 어머니가 방청석에 앉아 눈물지은 장면에 이어, 끝까지 잘못을 깨닫지 못한 피고인을 안타까워하며 가벼운 벌금형을 선고했다고 밝혔다. 그리고 글을 마무리하며 궁금해했다. "그분, 지금은 장가를 갔으려나." 하지만 나는 다른 것이 궁금했다. 그 남자는 또 다른 여성에게 그런 짓을 하지 않았을까. 버스라는 지극히 일상적인 공간에서 충격적인 사건을 겪은 그 여성은 다시 버스를 탈 수 있었을까. 남성이 옆자리에 앉을 때마다 패닉에 빠지지는 않았을까. 집 앞에서 어떤 남자에게 강제추행을 당한 뒤의 어느 날, 나는 좌석버스 옆자리에 덩치 큰 남자가 앉았다는 것만으로도 공포에 질려 버스에서 뛰어내릴 뻔했기 때문이다.

그러면서 깨닫게 되었다. 그들에겐 여성이 겪는 공포와 고통이 '남의 일'일 뿐이라서, 설령 악의가 없더라도 쉽게 말하고 아무 때나 웃을 수 있으며, 자신은 '나쁜 놈'이 아니라고 믿기에 죄책감 없이 거리를 둘 수 있다는 사실을 말이다. 그런 남자들의 목소리가 지긋지긋해질 즈음, 네이버 오디오 클립 〈이수정·이다혜의 범죄영화 프로파일〉을 만났다. SBS 〈그것이 알고 싶다〉로 친숙한 범죄심리학 전문가 이수정 박사와 《씨네 21》의 이다혜 기자가 진행하고, 제작진 전원이 여성인 〈범죄영화 프로파일〉은 영화 속 범죄 유형과 심리를 분석하는 방송이다. 그런데 실은 영화 이야기보다도 영화를 빌려 여성, 아동, 청소년, 장애인 등 사회적 약자에게 가해지는 폭력과 이를 방조하는 시스템을 끊임없이 고발하는 프로그램에 가깝다.

이를테면 '가스라이팅(gaslighting, 타인의 심리나 상황을 교묘하게 조작해 그 사람이 스스로 의심하게 만듦으로써 타인에 대한 지배력을 강화하는 행위)'이라는 용어를 널리 알린 계기인 영화 〈가스등〉은 1940년대 작품이지만, 영화를 보지 않아도 이해할 수 있다. 주인공 폴라가 결혼 후 집 안에 고립돼 강압적인 남편에게 일방적으로 맞춰가며 자신의 행동을 교정하는 상황에 관해 〈범죄영화 프로파일〉에서는 "그것이 가정폭력의 본질"이라고 지적한다. 가스라이팅-가정폭력-가부장제의 본질-한국 사회의 현실로 이어지는 대화의 흐름은 범죄를 관망하며 즐기는 것이 아니라, 왜 그러한 일이 발생하고 그것을 어떻게 막아야 하는지 탐구한다. "폭력이 상존하는 곳은 가정이 아니라 전쟁터"라는 이수정 박사의 멘트가 인상적인 〈적과의 동침〉 편과 이어 들으면 더 좋은 〈돌로레스 클레이본〉 편까지 합쳐 '가정폭력 3부작'은 온 국민의 의무교육 교재로 삼고 싶을 만큼 훌륭하다.

품위와 지성을 갖춘 두 여성이 분노하되 차분하게, 때로는 날카로운 위트를 섞어 나누는 대화는 유의미한 동시에 정말로 재미있다. 가정폭력 문제와 더불어 이수정 박사의 최고 분노 지점은 랜덤 채팅 앱 등을 통한 미성년자 성착취 문제를 이야기할 때인데, 청소년 '가출팸' 문제를 다룬 〈꿈의 제인〉 편을 비롯해 그는 틈날 때마다 말한다. 아동을 유인하는 행위 자체로는 범죄가 성립되지 않는다는 것이 문제이며, '자발적으로' 채팅 앱에 들어가 성인 남성을 따라갔으니 '성매매'라는 주장은 잘못됐다는 것이다. 인기 멜로영화였던 〈번지 점프를 하다〉를 청소년 그루밍성폭력이라는 관점에서 비판하며 "굳이 전생의 연인이라는 설정을 넣은 게 이해되지 않아 소화불량이었다"는 이수정 박사의 거침없는 감상은, 창작자의 윤리적 성찰이나 고민에 필요한 질문을 던진다.

무엇보다 〈범죄영화 프로파일〉의 좋은 점은 그들이 웃을 때 나도 함께 웃을 수 있다는 사실이다. 그 웃음에 담긴 분노, 자조, 회한, 슬픔 같은 맥락을 이해할 수 있기 때문이고, 여성인 우리가 언제나 어떤 범죄를 '나의 일'로 여기며 살아가기 때문일 것이다. 언젠가 〈범죄영화 프로파일〉에서 한 청취자의 사연이 소개되었다. 1년 전 직장 상사로부터 성폭행을 당해 어려운 결심 끝에 소송을 걸었지만, 검사의 불기소 처분으로 사건이 종료되자 자살시도까지 한 적이 있다는 그는 이렇게 말했다. "이수정 박사님이 종종 같이 화를 내주실 때, 앞으로는 바뀌어야 한다는 말씀을 해주실 때마다 큰 용기를 얻습니다. 그 말을 듣고 싶어서 오디오클립을 듣고 또 들을 정도로요." 목이 멘 채 그의 고백을 읽던 이다혜 기자도, 멋쩍게 웃으려 애쓰던 이수정 박사도, 설거지하며 방송을 듣던 나도, 울지 않은 사람은 없었던 것 같다. 그러니까 어쩌면 이 방송의 가장 훌륭한 점은 우리가 함께 울 수 있다는 사실인지도 모르겠다. 그래서 이수정 박사의 말을 나는 종종 떠올린다. "우리는 연대하기 위해서 이 방송을 열심히 하고 있는 겁니다."

우엉의 친구들

—

    내 책상 위의 파일철 사이에는 얇은 책자 한 권이 꽂혀있다. 한 여성단체에서 회원들에게 보내는 활동 보고서인데, 세상이 너무 끔찍하게 느껴지는 날이면 나는 이 책자를 펼쳐 '후원인 현황' 페이지를 읽는다. '감○○'으로 시작해 두 페이지를 거의 채우고 '황○○'으로 끝나는 이름은 대부분 낯설지만, 얼굴 한 번 본 적 없는 그들과 내가 어디선가 이어져있다는 감각은 왠지 힘이 된다. 낯익은 이름을 발견하면 혹시 내가 아는 그 사람일까 궁금할 때도 있지만 굳이 확인하고 싶은 마음은 없다. 그 사람이 누구인지는, 누군가 그 자리에 있다는 사실만큼 중요하지 않기 때문이다.

내가 몇몇 여성단체에 후원을 시작한 것은 2015년 페미니즘 리부트 이후다. 내가 일해온 대중문화 영역에서의 여성혐오가 얼마나 심각했는지 알게 되면서, 더는 콘텐츠에서 사회적 맥락을 제거한 채 볼 수 없게 되었다. 대중문화와 사회는 상호작용하며 변화한다는 것도 알게 되었다. 그래서 오랫동안 미디어 속의 성차별을 비판해온 여성단체에 정기후원을 시작했고 "#문화예술계_내_성폭력" 고발운동 당시 취재를 위해 맨땅에 헤딩하듯 찾아간 반성폭력 여성운동단체에도 회원으로 가입했다.

'후원인 명단'을 들여다보기 시작한 것은 아마 '노회찬'이라는 이름이 눈에 띈 뒤부터였던 것 같다. 남성 정치인으로서는 드물게 여성인권에 함께 목소리를 내왔고 여성단체의 행사에 기꺼이 참여했던 그가 명단에 있다는 사실은 그리 놀랍지 않았다. 다만 그것이 그의 사후였다는 점이 뭐라 말하기 어려운 감정을 불러일으켰다. 세상을 떠난 사람과 이렇게 연결됐다는 사실에 왠지 눈물이 났다. 그리고 한 해가 지난 뒤 명단에서 발견한 그는 '평등하고 공정한 나라 노회찬재단'이라는 이름으로 여전히 그 자리에 있었다.

가나다순으로 적힌 수많은 이름이 끝나고 나면 단체나 익명, 별명으로 후원한 이들이 등장한다. 노동조합, 학원, 은

행, 카페는 물론 형편이 고만고만할 다른 여성단체들의 이름도 빠지지 않는다는 사실이 나는 늘 좀 신기하다. "우리에겐 더 많은 여성-여성학 교수가 필요합니다"라는 캠페인 메시지, 여기저기서 고군분투하고 있는 페미니즘 동아리와 모임들의 이름을 발견할 때는 가슴이 벅차다. 가장 흥미로운 것은 다양한 닉네임이다. 캐럴 댄버스(〈캡틴 마블〉의 주인공)처럼 익숙한 이름부터 카쿄인 노리아키(〈죠죠의 기묘한 모험〉 캐릭터), 케일 헤니투스(〈백작가의 망나니가 되었다〉의 주인공) 등 검색을 해봐야 정체를 알 수 있는 이름도 있다. "낙태죄 사망" "김지은 응원"이라는 다섯 자에 담긴 무게, "경축! 기저귀 뗀 날"이라는 메시지에서 떠오르는 속 시원한 미소도 반갑다. 마마무의 팬들이 모든 멤버의 생일마다 후원금을 보냈다는 사실을 알게 되기도 하고, "여성시대 마블달글"처럼 앞의 네 글자가 온라인 여성 커뮤니티 이름이라는 건 알겠는데 뒤의 네 글자는 알쏭달쏭할 때도 있다. 그중에서도 절대 풀리지 않는 수수께끼는 "우엉의 친구들"이라는 이름인데, 우엉은 누구이며(진짜 우엉인가?) 우엉의 친구들이 어떤 계기로 여성단체에 후원하게 됐는지 나는 정말이지 너무나 궁금하다.

　몇 년 전, 한국성폭력상담소의 김혜정 소장을 인터뷰한 적이 있다. "성폭력이나 성차별에 관한 뉴스는 사람들의 경각심을 일깨우고 정보를 확산시키죠. 그런데 이처럼 현실 세계에서 문제가 일어나면, 그로 인한 피해, 퇴행, 파괴, 악영향 같은 것에 대한 후속 작업이 필요하거든요. 활동가는 그걸 위해 현실 정치, 법과 제도가 계속 돌아가는 지점에 개입해 들어가는 사람들이에요. 그 체계의 언어로 말할 수 있어야 하기 때문에 정책, 법안, 예산, 통계를 지속적으로 다루면서 자료를 축적하고, 이를 체화하기 위한 교육도 진행해요." 그의 말을 들으면서 생각했다. 활동가란 여기저기 무너져내리는 세상을 수선하는 사람들이 아닐까?

그런데 망가진 세상을 고치기 위해서는 돈과 사람, 지속 가능한 조직이 필요하다. 딱히 놀라운 얘기는 아니겠지만, 여성단체들은 돈이 별로 없다. 천 원 한 장도 내놓지 않으면서 무슨 일만 터지면 가해자 비판보다 앞서 "여성단체는 뭐 하냐?"라는 댓글이나 다는 사람들이 존재조차 모르는 사건까지 맡고 있는 단체들의 업무량은 과도하고 예산은 부족하다. 매주 몇 건씩 발표되는 성명서 쓰기도 누군가의 노동이고 유인물 제작에는 돈이 든다. 아니, 모든 일에는 돈이 든다. 상담은? 집회는? 모니터링은? 캠페인은? 간담회는? 외부 전문가 섭외는? SNS 관리는? 회원 조직은? 나는 '그나마' 규모가 큰 여성단체의 회원 총회에 참석했다가 연간 예산을 보고 깜짝 놀란 적이 있다. 아니, 요만한 돈으로 그 많은 일을 한다고? 언젠가 로또 1등에 당첨되기만 하면 이 정도는 내가 한 방에 기부할 텐데! 하지만 버는 돈이 너무 적어 매달 적자 메우기도 바쁘고, 좋은 꿈 꾼 김에 연금복권 오천 원어치를 사서 이천 원 당첨된 것으로 올해 치 행운을 다 쓴 나는 간신히 한 달에 만 원을 내는 개미 회원으로 살고 있다.

그래서 지금 하고 있는 정기후원을 가능한 해지하지 않을 수 있을 만큼 경제적 여유를 갖는 것은 내 인생의 중요한 목표다. 얼마 전에는 새로운 단체에 매달 오천 원을 후원하기 시작했는데, 그걸 결정하기까지 몇 번이나 손을 떨었는지 모른다. 하지만 내가 싸우고 있지 않은 순간에도 누군가 싸울 수 있도록 지원하고 있다는 사실은, 내가 그 문제로부터 고개를 돌릴 수 없게 만들어준다. 그것은 '남을 돕는다'가 아니라 '우리가 함께 있다'는 감각이다. 그래서 우리가 사는 이 세상이 바로 지옥이 아닐까 싶어지는 날, 나는 '우엉의 친구들'을 생각한다. 더 많은 여성, 여성주의자 들이 그렇게 연결되기를 바라면서.

그래서
우리는 거리로

—

'소라넷 총공'에 간 적이 있다. 2015년 여름 혹은 가을이었다. 불법음란물을 공유하던, 회원 수백만 명이 넘는 사이트 소라넷의 '훔쳐보기' 게시판에 여성들을 불법으로 촬영한 사진들이 하루 수십 건씩 올라온다는 사실을 널리 알린 것은 온라인 여성 커뮤니티 메갈리아에서 활동하던 여성들이었다. 한날한시에 소라넷에 들어가 '훔쳐보기' 게시판에 불법촬영물이 아닌 '낚시글'을 올려 혼란을 주자는 제안은 다른 온라인 여성 커뮤니티에서도 호응을 얻었다. 연인이나 동료, 그냥 아는 여성, 혹은 지나가는 여성을 몰래 찍어 신나게 공유하던 남자들의 그 공기를 직접 마주했을 때의 압도적인 불쾌감을 잊지 못한다. 더러운 것이 들러붙은 듯한 기분에 그대로 창을 닫아버리던 순간의 패배감도.

검은 마스크를 산 것은 그보다 앞선 6월이었다. '화장실 몰카'의 존재를 알고 난 뒤였다. 하지만 곧 마스크를 집어 던진 여성들이 있었다. '몰카 반대' 스티커를 만들어 공중화장실에 붙였고, 웹하드에 무수히 떠도는 디지털 성폭력 촬영물을 신고하는 캠페인도 벌였다. 디지털성범죄아웃(DSO)이라는 단체를 만들어 영상 모니터링과 피해자 지원을 시작한 여성들이 있었고, 뒤이어 한국사이버성폭력대응센터가 등장했다. 경찰청장에게 소라넷 엄정 수사를 촉구한 진선미 의원에게는 하루 만에 후원금 천만 원이 쏟아졌다. 여성들은 정말이지 쉬지 않고 움직였다. 그 결과 세상도 조금은 움직였다. 정부는 불법촬영범죄 피해방지 종합대책을 발표했고, 영상물 삭제 등 피해자 지원 서비스를 제공하기 시작했다.

그러나 생각하지 않을 수 없다. 여성의 신체가, 여성의 존재가 '국산 야동'이 되고 '공공재'가 되고 연애할 돈이 없어 외로운 남자들을 위한 '위로'가 되고, 옛 애인이 찍힌 성착취 영상물을 보다가 자기 연민에 빠진 남자의 마음을 노래했던 밴드가 진보정당의 마스코트가 되는 사회에서 결국 벌어진 일이 무엇이었는가에 대해. 동료인 남성 누드모델의 사진을 몰래 찍어 워마드에 올린 여성 불법촬영 피의자를 포토라인에 세워 언론의 집중포화를 받게 만든 의미에 대해. 고시 3관왕, 성범죄 전담 판사, 산부인과 의사… 그 많던, 너무 많아서 일일이 기억조차 할 수 없는 남자 '몰카범'들은 다 포토라인에 서지도 않고 어디로 갔을까. 피해 여성이 자살했다는 사실이 알려지면 "유작"이라며 낄낄대던, 특정 영상의 소재를 은밀한 유머코드인 양 공유하던 남자들은 무슨 말을 하고 있을까. 워마드에 "H대 남자 화장실 몰카"라며 올라온, 아무 내용 없는 '낚시글'을 두고 "또 워마드"라며 엄중하게 기사화한 언론사는 흔한 스포츠나 영화 커뮤니티에서 여성 불법촬영물이 숨 쉬듯 공유되는 동안 무엇을 했을까. 여기서 나는 무엇을 해야 할까.

게으른 집순이에게 집회만큼 번거로운 일은 또 없을 거라고, 비 내리는 퇴근 시간, 신논현역 6번 출구 앞에서 생각했다. 하루 외출하면 이틀 침대에만 누워있을 만큼 밖에 나가길 싫어하면서, 낯선 사람들로 붐비고 시끄러운 데다 많이 걸어야 하는 곳에 혼자 오다니. 하지만 빼먹을 핑계가 도저히 떠오르지 않았다. 2018년 5월 17일, 강남역 여성 살해사건 2주기였다.

흰 우비나 검정 우산을 준비해달라는 공지에 따라 약국과 편의점을 몇 군데 돌았지만 이미 동이 난 뒤였다. 한 약국에서는 "마스크 사면서 다들 우비 찾던데, 오늘 뭐 해요?"라고 물었다. 불법촬영의 왕국에 사는 여성들에게, 마스크는 집회 필수품이다. 집회에 와있다고 트위터에 쓰자마자 "진짜 지랄들이다"와 "한국 여자가 한국 여자 죽음을 이용한다!"라는 멘션이 날아왔다. 사랑은 미움보다 강하다지만 미움은 최고로 부지런하다.

행진이 시작되었다. 이천여 명의 사람들이 신논현역에서 강남대로를 쭉 따라 내려가 강남역을 거쳐 다시 돌아오는 내내, 비는 강 약 중강 약 강으로 쏟아졌다. 빗물이 폭포수처럼 흐르는 아스팔트 위를 걷다 보니 운동화 안이 어항처럼 출렁이는 가운데, 스마트워치가 하루 목표인 팔천 걸음을 달성했다며 축포를 터뜨렸다. 밑단부터 젖은 청바지는 허벅지까지 축축해져 물을 다시 토해내고 있었다. "#미투가 바꿀 세상 우리가 만들자"라는 구호가 적힌 종이 피켓도 젖어서 죽이 되었다. 그러나 젖은 통나무처럼 뻣뻣해진 몸을 끌고 집으로 돌아오는 길에도 "우리는 여기서 멈추지 않는다"는 한마디만은 몇 번이고 머릿속에서 울려 퍼졌다. 내 옆에서 걷고 있던 여성이 든 피켓의 문구도. "우리는 생존이 아니라 생활을 원한다."

도심에서 이루어지는 집회에 참여할 때면, 군중 속에 있으면서도 세상과 분리된 듯한 기분을 느끼곤 한다. 마치 이쪽과 저쪽 사이에 보이지 않는 벽이 있는 것처럼, 대오 안에서 아무리 절박하게 목소리를 높이더라도 대부분 사람은 보이지 않는 듯 지나친다. 빗속에 강남대로를 걷던 그날도 환한 조명이 켜진 카페와 옷가게, 버스정류장 앞을 지날 때마다 저 벽 너머의 누군가가 들어주지 않을까, 벽을 넘어와 대오에 합류해주지 않을까 기대하며 '을'이 된 심정으로 목소리를 높였다. 아마도 나처럼 거리로 나오는 일이 드문 사람과 달리 누군가는 1년의 반 이상을, 또 누군가는 수년을, 어쩌면 누군가는 평생에 걸쳐 이처럼 벽 너머의 사람들에게 자신의 이야기가 닿기를 바라며 살아갈 터였다. 벽 바깥에서 대부분의 나날을 살아온 나는 대오 안에 들어서고 나서야 그동안 무심히 지나쳐온 간절한 목소리들을 돌아보게 되었다.

　3주 뒤인 6월 9일, 게으른 집순이는 또다시 집회에 갔다. 익명의 여성들이 모여 조직한 '불편한 용기'에서 주최한 집회는 불법촬영과 가해자 성별에 따른 수사 속도 및 방식의 편파성을 규탄했다. 이번에는 혼자가 아니라 친구들과 함께였다. 혜화역에서 이화사거리까지, 사 차선 도로의 절반이 붉은 옷의 여성들로 가득했다. 집회가 시작된 후 두 시간이 지나도록 줄지어 선 여성들이 끊임없이 합류했다. 연령대도 차림새도 각기 다른, 일면식도 없는 여성들이 서로를 반겼다. 지나가는 버스 안의 여성들과 손 흔들어 인사했다. "나의 일상은 너의 포르노가 아니다" "동일수사 동일처벌"이라고 적힌 피켓이 물결쳤다. 앞으로 거리에 좀 더 자주 나오게 될 것 같다는 예감이 들었다.

내가 기억하는 마지막 거리 집회는 2020년 7월이다. 세계 최대 아동성착취물 사이트 '웰컴 투 비디오'의 운영자 손정우는 고작 징역 1년 6개월을 선고받았지만, 한국 법원은 상대적으로 무거운 처벌이 예상되는 그의 미국 송환을 허가하지 않았다. 서초역 8번 출구 앞에 모인 여성들은 "사법부도 공범이다! 강영수는 자격박탈! 손정우는 미국으로! 사법정의 실현하자!"라는 구호를 목이 터져라 외쳤다. 해산하는 인파 속에서 나는 오랜만에 옛 동료와 마주쳤다. 우리는 성격과 취향, 삶의 방식 등 비슷한 점이라곤 거의 없지만 그래서 더 반가웠다. 그와 내가 희미하지만 단단한 끈으로 연결됐다는 생각이 들었다.

2021년 9월, 이제는 공중화장실에 갈 때 마스크를 쓰는 것이 아니라 집을 제외한 모든 공간에서 마스크를 쓴다. 'COVID-19

때문에 생긴 일 중 그나마 좋은 것'에 관해 얘기하는 온라인 게시물에서 "화장을 안 해도 된다"와 함께, 적지 않은 여성이 "화장실 몰카 걱정이 덜하다"라는 댓글을 단 것을 보고 쓴웃음을 지었다. 실은 나도 그렇다. 한국 남성들의 'molka' 범죄가 국제적으로까지 알려졌는데도 화장실에 카메라를 설치하거나 여성을 촬영하다가 붙잡히는 남성에 관한 기사가 며칠에 한 번은 꼭 눈에 띄는 걸 보면, 이들에게 불법촬영이란 얼마나 절대적인 유혹이자 사소한 행동에 불과한 걸까 의아해질 정도다.

팬데믹 이후 우리가 한자리에 '모여서' 목소리를 내고 우리가 여기에 '있다'는 사실을 보여주기는 무척 힘들어졌다. 거리에서 그토록 많은 여성과 어깨를 나란히 하고 같은 구호를 외치던 날들이 아주 먼 꿈처럼 느껴질 때가 있다. 그러나 처음 만난 여성과 무언의 신뢰가 담긴 눈빛을 주고받으며 간식을 건네거나 차가운 생수를 나누던 순간, 우리 사이에 존재했던 감정들을 가끔 떠올린다. 내리쬐는 햇볕, 옆 사람이 뿜어내는 열기, 바스락대는 피켓, 삐이 하고 울리는 앰프 소리, 이 세상을 이대로 두지 않겠다는 의지와 이런 나는 혼자가 아니라는 감각이 거기에 있었다. 우리는 언젠가 어디서든 또다시 만나게 될 것이다.

예거마이스터가
필요한 날

—

우리 집 냉동실에는 700밀리리터 예거마이스터가 한 병 있다. 평소엔 맥주 한 모금도 마시지 않는 내가 삼십오 도짜리 독주를 상비하게 된 것은 몇 년 전 여름부터다. 클럽에서 에너지음료와 섞어 마시는 칵테일 '예거밤'이 유명하지만, 나는 엄지 길이의 옛날식 양주잔에 진갈색 액체를 반쯤 따라 꿀꺽 삼킨 뒤 황급히 보리차를 마셔 위장으로 내려보낸다. 오로지 잠들기 위해 술이 필요한 날이 있다. 어떤 여성이 남성에 의해 살해당했다는, 강간당했다는, 자리를 잃었다는, 살해 위협을 당했다는, 착취당해 왔다는 사실을 알게 된.

2018년 1월, 서지현 검사가 JTBC 〈뉴스룸〉에 출연해 검찰

간부였던 안태근의 성추행에 대해 증언한 날에도, 며칠 뒤 최영미 시인이 고은을 비롯한 영향력 있는 남성 문인들의 성폭력에 대해 말한 날에도, 연희단거리패를 거친 수많은 연극인이 이윤택을, 청주대학교 학생들이 조민기를 고발한 날에도 그랬다. 술기운에 억지로 잠들었다 눈 뜨자마자 본, 매일 새롭게 밝혀지는 성범죄 기사에 화가 치밀어 잠이 깨는 나날이 이어졌다. '미투(#MeToo)'의 하루하루는 뭉뚱그려진 것처럼 흘러갔다. 가해자들을 비난하는 척하며 "네 딸이 똑같이 당해봐야지"라고 또 다른 폭력을 저지르는 댓글들을 피할 수 없었고, 피해자가 '꽃뱀'이기를 간절히 바라는 남성들의 목소리와도 수없이 마주치는 사이 술은 쑥쑥 줄어들었다. '미투'를 지지한다는 한 남성 정치인이 "피해자 편에 서주세요. 평생 뿌듯하고 마음이 편할 테니까"라고 말했을 때는 화가 나기보다 쓸쓸해졌다.

한 성폭력 피해자와 연대해 법적 대응을 도운 적이 있다. 나는 그를 개인적으로 알지 못하고, 기자로서의 경험을 바탕으로 피해자가 처한 상황의 부당함에 대해 증언했을 뿐이었다. 뿌듯함은 잠깐이었다. 마음은 계속 편치 않았다. 피해자에게 작은 흠결이라도 있을까 불안해하다 자책하고, 가해자 측이 나의 존재를 알게 될까 두려워했다. 가해자들이 피해자에게 보복성 고소를 남발하며 연대자들마저 협박하는 것을 볼 때마다 움츠러들었다. 오랜 시간이 지난 뒤에도 '옳은 일'을 했다고, 후회하지 않을 거라고 믿어도 될까? 아무도 대답해줄 수 없을 질문을 곱씹는 것도 혼자 감당해야 할 몫이었다. 그러나 한 가지만은 분명했다. 그 일을 하지 않았다면 계속 후회했을 것이다. 그에게 필요한 일을, 내가 할 수 있다는 걸 알고 있었으니까.

안희정 충남도지사의 정무비서 김지은 씨가 안 지사의 성폭행 사실을 생방송 뉴스 스튜디오에서 증언한 날이었다. 그는 바짝 말라 갈라진 입술로 간신히 말을 이어갔다. 그날 밤엔 반 잔이 아니라 한 잔을 다 마시고도 잠을 잘 수 없었다. 머릿속이 온통 소란스럽고 신경이 바늘다발처럼 곤두선 감각에 익숙해진 만큼, 벗어나기는 점점 어려워졌다. 문단 내 성폭력 피해자의 룸메이트 앞에서 피해자에 대해 비방하던 남성이 "나는 이런 거에 관여하고 싶지도 않고 생각하고 싶지도 않다"라고 했다던 글이 자꾸 떠올랐다. 고은을 향한 비판이 일자 "너무 시시콜콜 다 드러내고 폭로하고 비난하면 세상이 좀 살벌해지고 여유가 없어지는 것 같다"라던 원로 문학평론가의 인터뷰가 맴도는 사이 아침이 밝았다.

관여하고 싶지 않아서 생각하지 않을 수 있다면 얼마나 편할까. 산뜻하고 한가로운 말로 '이런 것'과 선을 그을 수 있다면 얼마나 좋을까. 그러나 서로의 고통에 대해 너무 많이 알고 있는 여성들은 그럴 수 없다. 똑같은 경험을 하지 않았더라도, 우리의 삶 어느 부분은 벗어날 수 없을 만큼 닮았다는 걸 알기에 쉽게 외면할 수 없기 때문이다. 그런 불편함을 안고 계속 살아가기 위해, 신경안정제를 한 알 먹고 다시 잠을 청했다.

RBG를 좋아하세요?

—

    책을 좋아한다는 것과 책을 많이 읽는다는 게 다른 얘기란 사실을, 아는 사람들은 안다. 용돈을 받던 시절부터 월급을 받던 시절까지 닥치는 대로 책을 사 모은 결과, 우리 집 베란다에는 몇 년째 수십 개의 책 상자가 곰팡이와 함께 살아가고 있다. 취미는 독서라고 꾸준히 주장해왔지만 양심상 슬슬 트위터라는 걸 인정해야 하지 않을까 생각하던 어느 날, 여성 소셜커뮤니티 서비스 '빌라선샤인'에서 북클럽을 진행해보지 않겠냐는 제안을 받았다. 예? 제가요? 갑자기요?

    정신 차려보니 나는 몇 명의 여성들과 함께 미셸 오바마의 『비커밍』을 읽는 모임을 이끌고 있었다. 내 깜냥을 넘어서는 일을 덥석 물면 안 된다 생각하며 살다 보니 아무 일도 일어나지 않아서, 눈 딱 감고 뛰어든 일은 낯선 만큼 무섭고 또 신났다. 책을 읽고, 주제를 정하고, 관련 도서와 자료를 찾아보고, 참석자들과 공유할 텍스트를 고르는 작업이라니, 혹시 이게 말로만 듣던 자기주도형 학습인가? 책상에 층층이 쌓아올린 책을 보며 생각했다. 학부 시절 공부를 이렇게 적극적으로 했다면 49명 중 49등 졸업이라는 대참사는 일어나지 않았을 텐데.

북클럽을 준비하며 읽은 책 중 가장 재밌었던 건 엘리자베스 워런의 『싸울 기회』다. 엄마와 비슷한 나이의 이 꼬장꼬장한 법학자 출신 정치인은 이른 나이에 결혼과 출산을 겪으며 원하는 것을 포기해야 할 상황이 닥칠 때마다 "고개를 숙인 채 계속해서 내 꿈을 향해 밀고 나갔다". 그리고 싸워야 할 순간이 오면 피하지 않고 달려들었다. 마음에 드는 대목마다 수십 장의 포스트잇을 붙여놓은 이 책에서 특히 잊을 수 없는 것은 이 장면이다.

나는 패티에게 내가 상원의원이 되기에 부족한 점들을 계속 열거하고 있었다.

몇 분 정도 듣던 중 패티가 내 말을 잘랐다. "아, 제발이지 그만해요." 그러고는 패티가 여자들은 항상 자기가 부족한 이유들을 생각한다고 말했다. 하지만 남자는 절대로 자기에게 공직을 수행할 능력이 있는지 묻는 게 아니라 선거에 이길 정도로 자금을 모을 수 있는지 그걸 물어본다고 했다.

흠.[1]

흠. 그러게 말이다. 그래서 나는 『노터리어스 RBG』의 북클럽 제안도 덜컥 수락하고 말았다. 미국의 두 번째 여성 연방대법관으로, 연방대법원에 여성 대법관이 몇 명 있으면 적절하겠느냐는 질문에 항상 "아홉 명입니다"라고 답했다는 일화로 유명한 루스 베이더 긴즈버그의 일대기 말이다. 나 역시 내가 감히 RBG에 대해 논하기엔 부족하다는 점을 담당자에게 줄줄 늘어놓긴 했지만, 이미 마음은 덥석 무는 쪽에 기울어 있었다. 흥미로운 여성에 대한 책을 읽고 여성들과 모여 여성의 삶에 관해 얘기 나눌 기회인데 이번에도 분명 재미있겠지. 게다가 다음 달 생활비를 벌 수 있다!

물론 호기롭게 덤벼든 일의 결과가 대개 그렇듯, 조져진 것은 나였다. 연방대법원이라는 조직을 이해하기 위해 주문한

---

1 378쪽, 『싸울 기회』 엘리자베스 워런, 박산호 옮김, 에쎄(2015년)

제프리 투빈의 『더 나인』은 육백 페이지가 넘는 육중한 책으로 읽어도 읽어도 끝이 보이지 않았다. RBG와 관련된 수많은 판례 앞에 머리가 멍해질 때마다 '법과 사회정의' 수업에서 간신히 C+를 받고, 공무원시험 준비 학원에 다니던 시절 헌법 수업 시간마다 땡땡이친 기억이 떠올랐다. 나는 일흔두 번째로 로스쿨 진학의 꿈을 접었다.

첫 번째 모임 날, 예상치 못한 손님이 참석했다. 『노터리어스 RBG』의 한국판 편집자였던 P님이었다. 이 특별한 여성의 이야기를 꼭 펴내고 싶었고 열심히 만들었지만 기대만큼의 반응이 돌아오지 않아 아쉬웠는데, 아직도 누군가 이 책을 모여서 읽는다는 사실을 뒤늦게 알고 퇴근길에 두 시간 거리를 달려온 것이었다. 우리는 미국에서 태어난 팔순의 유대계 백인 여성의 긴 싸움에 관해 말하는 한편, 불안과 불평등 위에서 살아가는 한국 여성의 삶에 관해 이야기했다. 그리고 우리가 각자의 자리에서 최선을 다해 살고 있음에도 자신보다 더 취약한 상황에 놓여있거나, 더 전면에 나서 싸우는 여성들에게 일종의 부채감을 안고 살아간다는 사실을 알게 되었다.

이날 소개한 책 중 하나는 릴리 레드베터와 러니어 스콧 아이솜이 쓴 『기나긴 승리』였다. 앨라배마의 가난한 가정에서 태어난 릴리 레드베터는 굿이어 타이어 공장에서 20년 동안 관리자로 일하고서야 남성들보다 훨씬 적은 임금을 받아왔다는 사실을 알게 된다. 수년에 걸친 대기업과의 소송 끝에 연방대법원까지 간 사건에서 그는 결국 패소했지만, 당시 유일한 여성 대법관이었던 RBG는 법원의 판결을 엄중히 비판하는 반대 의견을 낭독했다. 몇 년 뒤, '릴리 레드베터 공정임금법'은 버락 오바마가 대통령에 취임한 후 처음으로 서명한 법안이 되었다. 법안이 상원을 통과한 다음 날, 호텔 식당에서 아침 식사를 마친 릴리 레드베터는 자신을 알아본 웨이트리스가 대신 계산했다는 걸 알게 된다. 그럴 필요 없다는 그에게 종업원이 말한다. "당신이 한 일에 대해서 모든 여종업원이 고마움을 전하고 싶어 했어요."[2]

모임을 마친 뒤 P님은 이렇게 말했다. "부채감이라고 표현했지만 실은 연대감이었어요." 페미니즘이 무엇이냐는 질문에 나는 여전히 무슨 말부터 시작해야 할지 헤매곤 한다. 하지만 이제 조금은 또렷해진 것 같다는 생각이 들었다.

---

2 339쪽, 『기나긴 승리』 릴리 레드베터·러니어 스콧 아이솜, 이수경·김다 옮김, 글항아리(2014년)

분노의 게이지가
차오를 때

—

2021년에는 인생을 좀 덜 낭비하고 세상에 조금이라도 도움되는 일을 해야 할 것 같았다. 하지만 새로운 사람 만나는 걸 겁내고 이틀 중 하루는 현관 밖으로 한 발짝도 나가지 않아야만 심신이 안정되는 극도의 내향형 게으름뱅이답게 스마트폰만 붙잡고 시간을 흘려보내던 중, 한국여성의전화 인스타그램에서 '분노의 게이지' 자원활동가 모집 공고를 봤다. 한 해 동안 언론에 보도된 기사를 바탕으로 '친밀한 관계', 즉 전·현 배우자 및 데이트 관계의 남성에 의한 여성 살해 통계를 집계해 발표하는 활동인데, 마침 활동 장소가 '온라인(재택)'이었다.

줌(ZOOM)으로 집계 방법과 분류에 관한 오리엔테이션을 마친 뒤 약 스무 명의 자원활동가들이 각자 담당할 기간을 배정받았다. 나는 2020년 11월 마지막 주를 맡았다. 그 기간에 쏟아진 수천 개의 기사 중 친밀한 관계의 남성이 여성을 살해하거나 살인을 시도한 사건, 그리고 그 과정에서 여성의 주변인을 해친 사건이 있는지 확인하는 작업이었다. 11월 26일에는 부산의 한 아파트에서 오십 대 남성이 동거 여성을 흉기로 살해한 뒤 고층에서 뛰어내려 자살했다. 기사에 따르면 그는 피해자의 "확인되지 않는 이성 관계"를 의심해 다툼이 잦았다고 했다. 이튿날에는 서울의 한 아파트에서 삼십 대 남성이 부인을 살해한 뒤 역시 투신자살했다. 부부가 아파트 매입에 필요한 자금 문제로 자주 다퉜다는 주변인들의 진술과 함께 정부의 부동산 정책을 엮은 제목의 기사들이 끝없이 쏟아졌다. 한 여성이 끔찍하게 사망했고 가해자는 아무런 책임도 지지 않은 채 죽음으로 도피해버렸는데 아파트값 얘기에만 이렇게 몰두하다니, 현실이 비현실적으로 느껴졌다.

11월 26일에는 헤어진 여자친구를 스토킹하다 잔혹하게 살해한 이십 대 군인이 1심에서 30년 형을 선고받기도 했다. 이 젊은 남자는 만기 출소하더라도 오십 대 초반일 것이다. 11월 27일에는 여자친구에게 쇠망치를 휘두른 삼십 대 남성이 항소심에서 감형되었다. 성범죄 전과가 여럿 있는 그는 전자발찌를 부착한 채 강간, 성매매 강요, 불법촬영, 촬영물 유포협박, 살해협박 등을 저질렀다. 자살까지 시도할 만큼 고통받았던 피해자가 엄벌을 탄원했지만 항소심 재판부는 "피고인이 범행을 반성하는 점 등을 참작했다"라며 1심보다 2년 감형한 징역 14년을 선고했다. 궁금했다. 인간에 대한 신뢰가 얼마나 깊어야 그런 남자의 '반성'을 진지하게 받아들일 수 있는 걸까.

내가 확인한 것은 1년 중 일주일밖에 안 되는 기간이었다. '친밀한 관계'가 아닌 남성, 즉 전 직장 동료라거나 강도가 저지른 여성 살해사건은 포함되지도 않았다. 그리고 3월 8일 여성의 날, 한국여성의전화에서는 우리가 조각조각 모은 자료를 다시 검토하고 분석한 최종 통계를 발표했다. 2020년에 친밀한 관계의 남성에 의해 살해된 여성은 최소 97명, 살인미수 등으로 살아남은 여성은 최소 131명이었다. '최소'라는 부연이 붙는 이유는 간단하다. 파트너 폭력에 의한 여성 살해와 관련된 국가의 공식적 통계가 없다 보니, 피해자와 가해자의 관계가 비교적 구체적으로 보도된 사건만을 기준으로 삼기 때문이다. 이 통계에서 눈여겨봐야 할 지점은 피해자의 가족이나 친구 등 주변인도 18명이나 살해당했다는 사실이다.

그 가운데 한 사건은 2020년 6월 충남 당진에서 일어났다. 삼십삼 세 남성 김 모 씨는 여자친구를 살해한 뒤 같은 아파트에 살던 여자친구 언니의 집에 침입해, 퇴근하고 돌아오던 피해자를 살해하고 카드와 휴대폰, 차를 훔쳐 도주했다. 피해자들의 아버지는 무기징역을 선고받아 언젠가 감형돼 출소할지 모르는 그의 신상을 공개하라고 요구했지만, 다른 백여 명의 가해자와 마찬가지로 우리는 그의 얼굴도 이름도 알지 못한다.

"밥을 안 차려줘서" "너무 사랑해서" "자려는데 말을 걸어서" "안 만나줘서" "술을 먹고 들어와서" "늦게 귀가해서" "가정폭력으로 신고해서" "결별 후 다른 남자를 만나서" "여행 가자는 것을 거부해서" "빌린 돈을 돌려달라고 해서" "내연관계가 폭로될 것 같아서" 그 남자들은 그 여자를 죽였거나 죽이려 했다. 2009년부터 2020년까지 최소 1,072명의 여성이 이렇게 사망했다.

그 후로 나는 고유정과 달리 금세 잊히는 이름, 혹은 익명의 남자가 어떤 여성, 혹은 그 주위 사람을 살해했다는 기사와 마주할 때마다 전보다 조금 더 오래 거기에 머무른다. 그들이 느꼈을 불안과 공포, 분노와 무력감을 떠올리다 도중에 멈추고 내 마음속에서 치미는 울분을 삼키길 반복한다.

2021년 3월에는 김태현이라는 이십 대 남자가 자신이 스토킹하던 여성과 그 가족까지 세 명의 여성을 살해했다. 7월에는 전 연인을 스토킹하던 사십 대 남자 백광석이 공범 김시남과 함께 그 여성의 중학생 아들을 살해했다. 9월에는 사십 대 남성 A씨가 이혼 소송 중 소지품을 가지러 집에 들른 부인을 살해했다. 피해자는 아버지와 함께였지만, 명백히 살인할 의도와 흉기를 지닌 성인 남성을 막을 방법은 없었다. "다행히 피해자 아버지는 다친 곳이 없는 것으로 알려졌다"[1]라는 어느 기사의 마지막 문장을 읽으며 생각했다. 사상자가 두 명으로 늘지 않은 건 다행한 일이다. 하지만 우리가 살아가는 세상에서 '다행'이란 고작 이런 것밖에 될 수 없을까?

나는 내년에도 '분노의 게이지'에 참여하기로 했다. 가능하면 후년, 내후년에도. 남자들이 계속 여자를 죽이고 국가가 그들의 죽음을 제대로 기록하지 않아 이 프로젝트가 계속되는 한, 다른 여성들과 함께 우리가 직면한 사회를 기록할 생각이다.

---

1 정혜민 기자 "장인 앞에서 '일본검' 아내 살인 40대, 오늘 구속심판대" 《뉴스1》 2021년 9월 5일

마음의 온도

—

지하철 막차에서 내린 것은 자정이 되기 직전이었다. 개찰구를 나오다 아직 문이 열려있는 편의점을 보니 아이스크림이라도 사 가고 싶어졌다. 나는 특별히 살 게 없어도 편의점에 가기를 좋아하고 예정에 없던 간식거리를 신중하게 고르며 즐거워하는 사람이다. 하지만 하겐다즈가 들어있는 냉동고 앞에는 새로 입고된 음료와 빵 따위가 든 상자들이 내 키만큼 높이 쌓여있었다. 혼자 계산대를 지키고 있는 아르바이트생을 번거롭게 하기는 미안해 아이스크림을 포기하고 과일 젤리 두 개를 집어 들었다. 앞의 손님이 내민 카드에 문제가 있는지 카드 리더기에서 삐빅, 오류가 날 때마다 스무 살

안팎으로 보이는 아르바이트생은 난감한 얼굴로 카드를 힘껏 다시 긁었다. 동그랗게 깎은 머리카락 아래 동그란 안경이 순해 보이는 청년은 머뭇거리며 입을 열었다. "카드가, 안 되는데요…."

상황이 해결되길 기다리는 게 답답해져 냉장고를 구경하러 갔다. 음료 두 병을 쥔 청년이 나를 스쳐 지나갔다. 고심 끝에 활명수 한 병을 꺼내 들고 돌아오니, 아까의 손님은 계산을 마치고 간 모양이었다. 포스기에는 비타오백 두 병과 말보로 레드 한 갑이 찍혀있었고, 나는 다시 줄을 섰다.

"언제부터 일했냐?"

"이번 주 목요일부터."

"언제 끝나는데?"

"…담배 이거 맞지?"

"어."

"원래 지금쯤 마감인데, 저거(아르바이트생은 냉동고 앞의 상자들을 턱으로 가리켰다) 정리하고 가야 돼."

둘은 친구인 모양이었다. 하지만 아주 가까운 사이는 아닌 것 같았다. 아직 일이 손에 익지 않은지 계산은 대화 사이 느릿느릿 진행됐지만 지루하지 않았다. 카드를 돌려받은 청년은 담배 한 갑과 비타오백 한 병을 손에 들더니 나머지 한 병을 아르바이트생에게 내밀었다. "이건 너 먹어." "와, 진짜?" 아르바이트생은 약간 머쓱한 얼굴로 기쁜 듯 웃었다. 과일 젤리와 활명수를 들고 서있던 나도 왠지 기뻐졌다.

알지도 못하는 사람들의 다정함을 엿볼 수 있는 순간은 아주 가끔, 예상치 못한 때에 찾아오곤 한다. 몇 해 전 초여름 어느 날이었다. 외출했다 집에 돌아오는데, 책가방을 멘 여자아이가 아파트 옆 길 한가운데에 웅크리고 앉아 바닥을 내려다보고 있었다. 무슨 일인지 가까이 가 보니 커다란 지렁이 한 마리가 바닥에 누워있었다. 열 살쯤 돼 보이는 여자아이는 지렁이를 바짝 말라가는 인도에서 화단으로 옮겨주고 싶어하는 것 같았다. 하지만 손에 든 기다란 풀잎으로는 지렁이를 들어 올릴 수 없었고, 풀잎에 닿은 지렁이가 크게 꿈틀하는 바람에 놀라 펄쩍 물러나더니 어찌할 바를 모르는 모양이었다. 왠지 그 자리를 떠날 수 없었다. 그리고 여자아이와 눈이 마주쳤다. 우리는 서로 아무 말도 하지 않았지만 무엇을 해야 하는지 알 수 있었다. 놀이터 근처에서 부드러운 나뭇가지를 찾아내 지렁이가 있는 곳으로 돌아왔다. 바닥에 팬 공간과 지렁이의 무게중심 아래쯤에 나뭇가지를 넣고 들어 올렸다. 지렁이는 다시 꿈틀했지만, 다행히 바닥으로 떨어지지 않고 무사히 화단에 착륙했다. 지렁이가 축축한 흙과 무성한 풀 사이로 사라지는 것을 확인한 여자아이와 나는 서로를 한 번 바라본 뒤 각자 집으로 돌아갔다.

그날 이후 비 온 뒤 갠 날이면 길바닥을 유심히 바라보며 걷는다. 사람들의 발길이 끊이지 않는 뜨거운 시멘트 바닥에 지렁이를 남겨둔 채 그냥 가버리지 못하던 그 여자아이의 마음을 생각한다. 늦은 시간까지 일하는 친구에게 무엇이라도 건네고 싶었을 청년을 떠올린다. 다정함이 세계를 구원하지는 못할지라도 우리 자신을, 어떤 날엔 서로를 구할 수 있다는 가능성을 나는 전보다 조금 더 믿게 되었다. 그리고 올여름에도 지렁이 일곱 마리 정도를 흙으로 돌려보내 주었다.

에필로그

—

내가 처음 만든 회사의 이름은 '입만산'이었다. 열세 살 때였다. 국어책에 실린 찰스 디킨스의 『크리스마스 캐럴』 (a.k.a. 스크루지 영감) 극본으로 조 발표를 하면 상을 준다는 담임선생님 말씀에 내 안의 내향형 관종 기질이 깨어났다. 아나운서처럼 맑은 목소리를 가진 현주, 남자애들과 농구를 해도 에이스인 체육부장 진희를 섭외했다. 학교가 끝난 뒤 우리 집에 모여 데크가 두 개 있는 커다란 카세트 플레이어를 거실로 끌고 나왔다. 방문을 여닫으며 낡은 집이 삐걱대는 소리를 내고 할머니의 목탁과 피아노 건반을 두드려 효과음을 만들었다. 도대체 무엇이 우리를 그렇게까지 불타오르게 했는지는 알 수 없지만, 혼을 불사른 우리의 연기는 〈지킬 앤 하이드〉의 조승우급이었다, 라고 해두자.

이보다 완벽할 수는 없다고 생각했다. 하지만 우리는 상을 받지 못했다. 발표는 딱 두 팀만 했는데, 〈유머 일 번지〉에 나오는 유행어로 대사를 바꾼 남자애들이 인기투표에서 크게 이겼다. 대본을 끝까지 소화하지도 않은 얼렁뚱땅 결과물에 졌다는 게 분했지만, 대중의 선택을 받아들일 수밖에 없었다. 지금 생각하면 그것은 성실한 여자보다 웃긴 남자가 언제나 더 사랑받는 이 세상의 법칙에 내가 처음으로 진 순간이었다. 그 후 오랜 시간이 지나 글을 쓰고 가끔 사람들 앞에서 말하는 일을 할 때마다 나는 종종 두려움에 휩싸이곤 한다. 열심히 준비하긴 했지만 '노잼'일까 봐.

청중을 많이 웃긴 날이면 그것대로 죄책감이 든다. 내가 알맹이 없이 말장난만 하고 온 걸까 봐. 하지만 많은 남자가 준비 없이 편안하게 와서 '아무 말 대잔치'만 해도 훨씬 쉽게 환영받는다는 사실을 직접 체험하거나 주변의 '말하는' 여성들한테서 들을 때마다 우리가 한 연극 〈크리스마스 캐럴〉의 실패를 생각한다. 만약 그때의 나를 만날 수 있다면 말해주고 싶다. 교과서대로 하지 않아도 괜찮다고, 더 재밌는 걸 만들 수 있다고, 사람들을 웃기려다 웃음거리가 되는 걸 너무 두려워하지 말라고. 더 많은 '아무 말'을 던져보고, 어디까지 갈 수 있는지 시도해보라고.

영광스러운 승리의 기억이 아니라서일까. 〈크리스마스 캐럴〉의 대사는 물론 내가 맡았던 배역이 무엇인지조차 잊은 지 오래다. 다만 또렷하게 떠오르는 순간이 있다. 최종 녹음 만을 남겨두었을 때 나는 모든 것이 '진짜' 같기를 원했다. 문 득 '주식회사 문화방송'이라는 말이 떠올랐다. 당시 나는 '주 식회사'가 무슨 뜻인지 몰랐지만 모든 회사의 이름 앞에는 '(주)'가 붙는다고 생각했다. 그러니까 우리가 만든 오디오 드라마가 시작되기 전에 '주식회사'가 나오면 더 그럴듯할 것 같아. 그 자리에서 회사 이름을 만들었다. 조금 긴장한 목소 리의 진희가 "주식회사 입만산 프로덕션. 아이-엠-에스-"라 는 알림 멘트를 또박또박 읽은 다음 잠시 정적이 흐르고, 우 리의 작품이 사람들 앞에 펼쳐지길 기다리던 순간의 설렘은 지금도 이상할 만큼 생생하다.

어쩌다 보니 글 쓰는 일을 하게 된 것은 그 설렘을 잊지 못 해서인지도 모르겠다. 나는 오랫동안 사람들을 웃기고 싶었 고 시선을 끌고 클릭을 부르고 싶었다. 내가 가리킨 방향을 향해 독자들이 함께 열광하고 폭소하는 순간의 짜릿함은 중

독적이었다. 회사가 팔리고 문을 닫고 또 팔리고 다 같이 쫓겨나듯 퇴사하고, 새로 회사를 만들어 맨땅에 헤딩하기를 몇 번이나 반복하면서도 그만두지 않을 만큼 좋았다. 그러다 번 아웃이 왔다는 걸 깨달았을 때는 이미 늦은 뒤였다. 마감을 감당하지 못하는 날이 계속됐고 무기력에 빠져 매일 옷을 챙겨 입고 출근하는 것조차 힘들어졌다. 허물처럼 벗어 둔 옷을 그대로 주워 입길 반복하며 몇 달을 보내던 어느 날 갑자기 알게 되었다. 이런 식으로는 계속 살 수 없다는 것을.

회사를 그만둔 지도 4년이 지나 재취업도 불가능해 보이는 요즘 나는 종종 '입만산 프로덕션'을 생각한다. 열세 살 최지은은 대체 왜, 세상의 좋은 말은 다 놔두고 '입만산'이라는 이름을 붙였던 걸까. 세상만사에 엄중히 회초리를 들고 참견하지만, 정작 내 삶은 엉망진창인 채 나이만 먹어버린 어른에게 '입만 산'은 너무 정확한 수식어라 안 그래도 골다공증이 걱정되는 뼈가 아프다.(남이 나에게 한 말이라면 절교했을지도 모른다.) 가수는 노래 제목대로 풀린다는데 ㈜IMS의 창립자인 나야말로 회사 이름대로 살고 있다니, 입만 살아가지고!

하지만 대충 살면서도 배운 것이 있다면 세상에는 아무래도 어쩔 수 없는 일이 몇 가지 있다는 사실이다. 요즘 내가 계속 생각하는 것은 나는 나일 수밖에 없다는 문제다. 다른 사람, 더 훌륭하고 똑똑하고 멋진 사람이 아니라 지금 여기에서 이러고 있는 나. 잘못된 선택과 멍청한 일들로 인생을 낭비했던 나. 세상 잘난 척은 혼자 다 하지만 나만은 모른 척할 수 없는 입만 산 나. 그런데도 계속 내가 데리고 살아가야 할 나. 그런 얘기를 쓰고 싶었다.

내가 처음으로 읽은 에세이는 로버트 풀검의 『내가 정말 알아야 할 모든 것은 유치원에서 배웠다』로, 한국에서는 1989년에 출간되었다. 이 책의 마지막에서 그는 "책을 끝내는 방법 가운데에서 내가 좋아하는 것은 끝맺지 않는 것이다"라고 말한다. 이 책을 쓰는 동안 나는 도저히 이 책을 끝까지 쓸 수 없을 거라고 생각했다. 하지만 이왕 여기까지 왔으니 로버트 풀검이 했던 방식으로 말하고 싶다. 다음번에 할 얘기는 오징어땅콩, 할아버지의 지팡이, 어느 프로게이머의 생일파티에서 있었던 일, 생라면 레시피, 가장 슬프고 웃겼던 장례식, 카타르시스에 대한 새로운 해석, 내 첫 번째 인터뷰가 망한 이야기, 그리고

이런 얘기 하지 말까?

ⓒ 최지은 2021

초판 1쇄 발행 2021년 12월 8일
초판 2쇄 발행 2022년 4월 5일

지은이 최지은
펴낸이 김소영
편집인 배윤영

디자인 김마리
마케팅 정민호 이숙재 김도윤 한민아 정진아 이가을 우상욱 박지영 정유선
브랜딩 함유지 함근아 김희숙 정승민
제작 강신은 김동욱 임현식

펴낸곳 (주)문학동네
출판등록 1993년 10월 22일 제2003-000045호
임프린트 콜라주

주소 10881 경기도 파주시 회동길 210
문의전화 031) 955-2696(마케팅) 031) 955-1933(편집)
팩스 031) 955-8855
전자우편 collage@munhak.com

ISBN 978-89-546-8367-8 03810

• 콜라주는 출판그룹 문학동네의 임프린트입니다. 이 책의 판권은 지은이와 콜라주에 있습니다.
 이 책 내용의 전부 또는 일부를 재사용하려면 반드시 양측의 서면 동의를 받아야 합니다.

잘못된 책은 구입하신 서점에서 교환해드립니다.
기타 교환 문의: 031) 955-2661, 3580

www.munhak.com